CE QUE SAVAIT JENNIE

Gérard Mordillat, écrivain et cinéaste, a publié de nombreux romans, parmi lesquels *Vive la Sociale !*, *L'Attraction universelle*, *Les Vivants et les morts* (Prix RTL-Lire 2004), *Notre part des ténèbres*, ainsi que plusieurs essais sur les textes du Nouveau Testament, *Le Capital* de Karl Marx, la propagande économique contemporaine. Il a réalisé pour le cinéma et la télévision une vingtaine de films et de documentaires : *La Voix de son maître* (coréalisé par Nicolas Philibert), *Cher frangin*, *Paddy*, *En compagnie d'Antonin Artaud*, *Les Vivants et les morts* (adapté de son roman) et, en collaboration avec Jérôme Prieur, les célèbres séries pour Arte « Corpus Christi », « L'origine du christianisme », « L'Apocalypse ». Il est par ailleurs un complice de toujours des « Papous dans la tête » de France Culture.

Paru dans Le Livre de Poche :

LES CINQ PARTIES DU MONDE
NOTRE PART DES TÉNÈBRES
ROUGE DANS LA BRUME
RUE DES RIGOLES
LES VIVANTS ET LES MORTS

GÉRARD MORDILLAT

Ce que savait Jennie

ROMAN

CALMANN-LÉVY

© Calmann-Lévy, 2012.

ISBN : 978-2-253-17498-1 – 1ʳᵉ publication LGF

Pour Pierre Grimblat

Décapitez les haches à coups de tête.

Gérald NEVEU

C'était un dimanche de juillet de l'an 2000.

Jennie pensait que c'était le pire jour de la semaine. Les autres n'étaient pas mieux, mais le dimanche, c'était vraiment le pire.

— Le pire du pire, murmura-t-elle, pour elle-même, ressassant qu'après ce dimanche il y en aurait un autre, encore un autre, puis beaucoup d'autres jusqu'à la fin des temps.

Elle aurait voulu que les semaines n'aient pas de dimanche. Qu'ils soient bannis du calendrier, effacés des mémoires. Même si, pour une fois, tout le monde était là.

— Tous là, un dimanche… murmura-t-elle, fermant les yeux pour ne pas les voir.

Chaque fois qu'il remplissait les verres de ses invités, Mike répétait :

— Quarante ans, ça se fête, merde !

Il y avait la grosse Amandine, la sœur de Mike qui travaillait chez Leclerc, son mari Max et leur fils Jeanjean, au visage un peu mou d'enfant trop gâté par sa mère ; ceux du chantier, Paul Guéry, leur chef d'équipe accompagné de sa femme qui tenait un salon de coiffure, Slimane, élégant et solitaire comme d'habitude, Freddy et sa copine Joëlle, dite Jo, une bonne vivante, Salva, avec Aïcha, dont la mère était française et le père algérien. Seul Moussa n'avait pas pu venir, sa mère se mourait à l'hôpital Tenon, mais Zoulé, sa femme, était là avec leurs trois gosses. Et puis il y avait surtout Olga, la mère de la petite Malorie, la fille de Mike.

Jennie, Olga l'avait eue avec un autre.

Bien qu'elle n'ait que treize ans, Jennie considérait Malorie comme sa propre fille. C'était pour elle que sa mère l'avait faite. Jennie avait accueilli sa naissance avec une joie indescriptible. C'était son bébé, sa princesse, sa Sissi impératrice. Dès la naissance de Malorie, avec un instinct très sûr, abandonnant pour toujours ses poupées, Jennie s'en occupa d'autant plus facilement que Mike n'avait rien à faire d'un nourrisson dans les langes et qu'Olga, trois jours à peine après avoir accouché, reprenait le chemin de l'usine où elle travaillait sur une chaîne de montage de stylos de luxe. Comme disaient les voisins, Jennie était « la petite maman » de Malorie. Malorie qui aurait quatre ans dans trois mois, en octobre, mais qui, aujourd'hui plus que jamais, restait accrochée à Jennie.

Tout ce monde l'effrayait.

Comme c'était la fête, ils s'étaient installés devant la maison que Mike construisait sur son terrain. Une terre pelée qu'il avait obtenue à un prix défiant toute concurrence.

— Au carrefour des moyens de communication moderne ! plaisantait-il, quand on lui faisait remarquer qu'elle était située entre la nationale et une voie de chemin de fer.

Quasi en bout de piste de l'aéroport Charles-de-Gaulle.

Ils étaient coupés du monde.

Rien n'était vraiment fini, même si le pavillon était habitable, avec le tout-à-l'égout et l'électricité, directement raccordée à un pylône par un gros câble qui traînait dans un sillon creusé à ciel ouvert. En prévision de travaux – toujours remis au lendemain –, Mike empilait le Placoplatre et les parpaings qu'il fauchait sur les chantiers, à côté des sacs de ciment qui provenaient des mêmes endroits. Pour lui, ce n'était pas du vol.

— C'est de la reprise individuelle ! affirmait-il, répétant la formule qu'il avait entendu répéter cent fois par son père, grand trafiquant de compteurs à gaz.

Il y avait aussi les palettes de tuiles, les morceaux de charpente qu'il stockait à l'entrée de la cave sous des mètres de papier bulle, de la ferraille, du cuivre...

— C'est ça, la grande différence, disait-il sans masquer son amertume, nos parents se battaient pour transformer le monde, pour des causes, des idées ; nous, nous nous battons pour survivre...

Après cinq jours de pluie, le soleil était de retour et tous sentaient que ce dimanche-là était un jour qu'ils n'oublieraient jamais. Quelque chose de fou planait dans l'air. Il planait une odeur de terre chaude et humide portée par un petit vent qui les rafraîchissait. Qui les excitait, aussi. Deux tables avaient été dressées sous des bâches comme sous les dais d'une grande maison bourgeoise. Une pour les adultes, une pour les enfants, sous la responsabilité de Jennie. Olga fit remarquer que les grands seraient treize à table et qu'il vaudrait peut-être mieux prendre les petits avec eux pour conjurer le sort.

— Vous croyez à ces choses-là ? demanda Paul Guéry, un sourire au coin des lèvres.

— Non, je n'y crois pas, répondit la mère de Jennie, en allumant des tortillons de citronnelle pour éloigner les insectes.

Elle plissa malicieusement les yeux.

— Mais on ne sait jamais.

Puis, se tournant vers la table des enfants :

— Si on faisait une place pour Jennie ?

Mike ne voulait rien savoir :

— Laisse tomber, dit-il. Laisse-la s'occuper des gosses, comme ça, ils nous feront pas chier !

— Oui, je m'en occupe ! cria Jennie qui avait entendu.

Elle ne l'aimait pas. Tout en Mike lui déplaisait : sa personnalité, sa voix, son physique de grand type osseux, à moitié dégarni, les six petits anneaux d'argent qu'il portait à l'oreille droite, parce que ça faisait six ans qu'il vivait avec sa mère. Jennie craignait ses emportements, ses cris, sa brutalité, même quand il offrait des cadeaux. Mike n'était pas un rat, Jennie ne pouvait pas le nier. Il avait le cœur sur la main et ne regardait jamais à la dépense quand il s'agissait des filles. Mais malgré tout, malgré sa générosité, malgré l'insistance d'Olga, jamais elle n'avait accepté de l'appeler « papa ».

— C'est pas mon père, répondait-elle systématiquement à sa mère. Pourquoi tu ne veux pas me dire qui est mon vrai père ?

— Ne m'embête pas avec ces choses-là ! Qu'est-ce que ça t'apporterait de savoir qui c'est ? C'est rien, ni personne. Ton père, maintenant, c'est Mike. Parce qu'il s'occupe de toi.

— Hier, il est entré dans la salle de bains quand je me lavais, et tu sais ce qu'il m'a dit ?

— Qu'est-ce que tu vas encore inventer ?

— Il m'a dit : « T'as un petit cul mais je t'aurai ! »

Olga haussa les épaules. Il n'y avait pas de quoi s'émouvoir.

— Il raconte toujours des conneries pour rigoler. Si tu savais ce que j'entends…

— Il essaye toujours de me coincer.

Olga ne voulait pas se disputer avec sa fille.

— T'es pas contente d'avoir une maison ? demanda-t-elle, en lui caressant la joue. T'es pas contente d'avoir à manger tous les jours ? T'es pas contente d'avoir tout ce que tu as sur le dos ? Et quand Mike te donne de l'argent de poche ?

Pour Jennie, la baraque encore en chantier, les habits achetés au Monoprix, les extras, le saumon fumé tombé du camion, la gratte sur les courses, les bijoux fantaisie, les fournitures scolaires à la mode, rien de tout ça ne comptait…

Seule sa mère lui importait.

— Toi aussi, tu travailles !

— Oui, mais c'est Mike qui fait bouillir la marmite.

Whiskies, vodka, vins cuits, vins blancs, vins rouges, ils avaient déjà beaucoup bu quand Olga, avec l'aide de Ghislaine, la femme de Paul Guéry, Zoulé et la copine de Freddy apportèrent les deux épaules d'agneau, les flageolets et les pommes de terre du plat de résistance. La grosse Amandine, la sœur de Mike, et Aïcha servirent les enfants.

— On n'a pas d'agneau ? réclama Jennie, quand elle découvrit que les petits n'avaient droit qu'à des francforts et de la purée.

— À votre âge, la purée et les saucisses, c'est ce qu'il y a de mieux. Tout le monde aime ça ! trancha la grosse Amandine.

— Si t'en veux, je te donne de l'épaule, proposa Aïcha.

— Tu préfères le porc, toi, maintenant ?

— T'es conne ! Je veux bien laisser de l'épaule à…

La grosse Amandine la rabroua :

— Oublie, les gosses mangent ce qu'on leur donne, et basta !

Elle tourna les talons, lançant aux petits, avec un sourire idiot :

— Vous vous rattraperez sur le gâteau !

Potelée, rose, frisée, avec un joli nœud dans les cheveux, une robe à smocks, un jupon en dentelle, des chaussures vernies et des socquettes blanches, Malorie était une véritable petite poupée, endimanchée pour l'anniversaire de son père. Elle se mit à pleurnicher. La grosse Amandine avec sa grosse bouche, ses gros seins, ses grosses jambes, son gros derrière lui faisait peur.

— Qu'est-ce qu'il y a, mon bébé ? demanda Jennie, en se penchant vers elle.

— Pipi ! chouina Malorie.

Jennie lui tendit la main :

— Viens, je t'emmène.

— Pipi… répéta la petite sans bouger, se tortillant sur sa chaise, tête basse, croisant et recroisant ses mains.

Elle avait mouillé sa culotte.

Marie-Cécile et Agathe, les deux filles de Moussa, se mirent à pouffer, puis à rire jusqu'à ce que l'hilarité soit générale. Joseph, du haut de ses neuf ans, traita Malorie de sale pisseuse, tandis que ses sœurs scandaient : « Hou, le bébé ! hou, le bébé ! »

— Écoutez-moi bien, gronda Jennie d'une voix sourde, si vous continuez à rigoler et à vous foutre de ma sœur, je vous tape tellement que vous ne pourrez plus jamais vous asseoir !

Jennie conduisit Malorie dans leur chambre au rez-de-chaussée de la baraque après avoir ordonné aux petits de Zoulé de l'attendre dehors sans faire de bêtises. Les volets étaient tirés à cause de la chaleur mais la fenêtre était ouverte et les adultes parlaient si fort et tous en même temps que Jennie ne pouvait rien rater de leur conversation.

— T'y crois, toi, à ces conneries de l'an 2000 ? À la fin du monde ? demanda Max, cognant son verre contre la table pour obtenir l'attention.

Mike s'étouffa à moitié avec une bouchée d'agneau.

— L'an 2000 ? L'an 2000 de quoi d'abord ?

— L'an 2000 du Christ, précisa Mme Guéry, en s'essuyant délicatement la bouche du coin de sa serviette.

— Excusez-moi, dit Mike. Il faudrait déjà savoir s'il a existé. Pour moi, tout ça, ce sont des fables inventées par les curés. Quand vous verrez un mort revenir faire coucou, n'hésitez pas à me faire signe…

Pour être aimable, il glissa d'une voix de velours :

— Mais je n'empêche personne d'aller à l'église !

Et, plus perfidement :

— Même si pour moi la religion est une erreur criminelle et la foi une insulte à l'intelligence.

Slimane hocha la tête gravement.

— Jésus a existé, c'était un Juif révolutionnaire qui voulait foutre les Romains hors de la Palestine.

— Et c'est lui qui s'est retrouvé accroché au portemanteau ! s'esclaffa Max.

Salva s'en mêla :

— Aujourd'hui, c'est les Juifs qui foutent les Palestiniens hors de Palestine et les chrétiens qui sont à Rome. Il y a de quoi se marrer…

— Rire jaune, tu veux dire, rectifia sa copine.

— Oui, rire jaune, parce que la guerre est partout, tout le temps, et on ne voit pas comment ça pourrait s'arrêter.

— L'Histoire n'apprend rien à personne, philosopha M. Guéry, réclamant à boire.

Mme Guéry se pencha vers Olga.

— Moi, j'y crois, à ces choses-là. À la fin du monde. Et pas seulement parce qu'il a plu toute la semaine en plein mois de juillet et qu'on nous casse les oreilles avec le foot…

Elle avait les mains courtes, manucurées. Elle rajusta ses lunettes et prit une longue inspiration.

— Le monde a eu un début, il aura une fin. Exactement comme nous. Nous naissons, nous vivons, nous mourons. Personne n'y échappe. Le monde n'y échappera pas…

— Vous croyez en Dieu ? demanda la grosse Amandine, avec un petit sourire confus.

— Pas vous ?

Amandine se rengorgea, tripotant la petite croix en or qu'elle portait autour du cou :

— Je ne sais pas. Un jour j'y crois, le lendemain je n'y crois plus.

Mike s'esclaffa :

— Quand Max te fait ta fête, t'y crois, et quand il ronfle devant la télé, t'y crois plus !

— Que t'es con ! C'est pas vrai ! se défendit-elle en riant, en soupirant, en haussant les épaules. Mais qu'il est con ! Et dire que c'est mon frère !

Elle reprit avec sérieux :

— Tout de même, s'il y a des créatures, c'est qu'il y a un créateur. On ne peut pas penser que tout ce qui est ici, tout ce qui arrive, tout ce qu'on est vient de rien. Il y a forcément quelque chose derrière.

Mike n'allait pas rater l'occasion. Il en remit une couche, entraînant les rieurs à sa suite :

— T'as pas besoin de Dieu pour avoir quelque chose au derrière ! Max suffit ! jura-t-il, content de son effet.

Max rit comme les autres mais il était d'accord avec sa femme.

— On se marre, on se marre, mais Maman a raison : on ne sait pas. On ne sait rien. On ne saura qu'à la fin. C'est comme au cinéma. Sauf qu'à la fin, la salle ne se rallumera pas. On restera dans le noir.

Soudain Mike s'emporta. Il n'en pouvait plus, putain, non, merde.

— Pourquoi on parle de ça ? C'est mon anniversaire ! C'est pas un repas d'enterrement…

Mme Guéry s'avança sur sa chaise :

— Vous ne vous demandez jamais ce qui va se passer après ? risqua-t-elle.

— Après quoi ? Après l'an 2000 ?

— Après vous.

— Pardonnez-moi l'expression, mais j'en ai rien à foutre, grimaça Mike avec un agréable sentiment de fermeté. La mort, je n'y pense jamais, je suis comme les bêtes. À quoi ça me servirait de me faire des cheveux ?

Il ricana :

— D'ailleurs j'en ai presque plus, et c'est pas ce genre de question qui les fera repousser ! Arrivera ce qui arrivera quand ça devra arriver, et alors, seulement à ce moment-là, il sera temps d'y penser.

Mme Guéry revint à son idée :

— Je n'ai pas honte à le dire, moi, l'Après, ça me préoccupe. Oui, l'Après... L'Après, avec un A majuscule.

— Et même l'avant ! lança son mari, qui d'ordinaire ne se laissait pas aller aussi facilement aux gauloiseries.

La remarque fut accueillie par une nouvelle explosion de rires et de remarques salaces sur les mérites comparés de l'avant et l'arrière, du haut et du bas...

— Vous avez vraiment l'esprit mal placé, feignit de s'indigner M. Guéry. Je ne voulais pas parler de ça...

Il expliqua :

— Dans le garage, ma femme a voulu qu'on stocke des conserves et de l'eau en prévision de la fin du monde. J'ai même dû acheter un canot de survie qu'on a rangé sur...

Mme Guéry interrompit son mari, s'adressant à tous d'un ton sévère :

— Vous savez pourquoi ?

— Vous attendez le Déluge, proposa aimablement Freddy, assis à côté d'elle.

— J'ai fait un rêve, dit-elle d'une voix peureuse. Il y avait de l'eau, de l'eau partout et encore de l'eau, si bien que mon lit sortait de ma chambre en flottant.

La grosse Amandine intervint. Ça, elle connaissait :

— Quand on est gosse et qu'on fait ce genre de rêve, c'est qu'on est en train de pisser au lit !

Mike pinça la cuisse de sa sœur. Il confirma :

— Pour rêver, elle s'y connaît ! Quand on dormait dans le même lit, je devais me coucher avec un gilet de sauvetage et des palmes !

Mme Guéry se fichait bien de ce que Mike pouvait raconter sur Amandine, elle tenait à aller jusqu'au bout de son histoire.

— N'empêche que le lendemain matin quand je me suis réveillée, j'ai allumé la radio. Et qu'est-ce que j'ai entendu ? Une interview de la chanteuse Madonna. Elle racontait un cauchemar qu'elle avait fait la veille et qui lui avait inspiré une chanson. Son cauchemar, c'était mon rêve. Ex-ac-te-ment mon rêve !

— Peut-être qu'elle pisse au lit comme ma sœur ! rigola Mike, en faisant tinter une coupe de champagne d'une pichenette.

— Non, répliqua Mme Guéry en secouant la tête, vous ne m'ôterez pas de l'idée que ce n'est pas un hasard. Il y a des ondes, des choses qui nous dépassent…

Jennie se moquait de leurs histoires de l'an 2000 et de fin du monde, elle n'y croyait pas. Si les adultes lui avaient posé la question, elle aurait pu dire à Mme Guéry et aux autres que tout ça c'étaient des blagues, comme la peur de l'an Mil : le prof d'histoire avait expliqué que c'était une invention de l'Église pour effrayer les gens et les rendre obéissants.

— Surtout qu'en l'an Mil, ricanait son prof, ils ne savaient même pas qu'ils étaient en l'an Mil ! Et s'il y a une chose qui fait vraiment peur, je ne vous le répéterai jamais assez souvent, ce qui fait peur, c'est l'ignorance !

Jennie ne s'intéressait qu'à l'an trois mille. Parce que en trois mille, quoi qu'il arrive, elle serait morte ! Max avait raison. Elle serait assise dans le noir comme on est assis au cinéma. Elle verrait les vivants s'agiter sur l'écran, parler, courir, se disputer, s'aimer, sans pouvoir se mêler à leurs cris ni à leurs jeux. Sans pouvoir les toucher. Malorie aussi serait morte. Assises l'une à côté de l'autre, elles se tiendraient par la main pour toujours. Et rien, jamais, ne pourrait les séparer.

Jennie ne comprenait pas pourquoi Olga refusait de lui dire qui était son père. Elle devinait que c'était un type comme un autre, sans doute ni mieux ni pire que Mike. Juste un type qui avait couché avec une femme et lui avait fait un gosse et avait foutu le camp comme n'importe quel salaud. Tout ça, Jennie le savait, alors pourquoi ne pas dire une fois pour toutes que ce salaud s'appelait Machin ou Truc et faisait ci ou ça. Olga aurait pu plaider l'erreur de jeunesse et Jennie aurait compris. Mais son silence travaillait Jennie jusqu'à l'obsession.

Les femmes débarrassèrent la table avant de servir le fromage avec le vin spécial que M. Guéry avait apporté, trois bouteilles d'un grand meursault.

Jo fila au petit coin.

— J'en peux plus, je vais exploser ! Vous avez vu ce qu'on a bu…

Les mélanges ne passaient pas. Elle avait envie de vomir.

Dans la cuisine, l'air était étouffant.

La grosse Amandine s'employa à rassurer Olga qui chargeait le lave-vaisselle tandis que Zoulé mettait le café en route et qu'Aïcha aidait Mme Guéry à nettoyer l'évier et le plan de travail.

— Ce que dit M. Guéry, c'est le bon sens même, asséna Amandine d'un ton péremptoire. Il n'y a pas de raisons de s'inquiéter. Il n'y aura pas plus de bug que d'Apocalypse. Ce ne sera ni la fin du monde ni celle des contributions !

Olga sourit.

— Je voudrais bien te croire ! L'an 2000, quand même…

— Pour les contributions, fais-moi confiance ! Et pour le reste, de toute façon, tu n'y peux rien. La pendule tourne et tu ne vas pas t'accrocher aux aiguilles pour les arrêter…

Olga mit le lave-vaisselle en marche.

— Qu'est-ce que tu ferais, toi, si tu savais qu'il ne te restait plus que six mois ? demanda-t-elle à sa belle-sœur de la main gauche.

— Moi ? s'exclama la grosse Amandine, en rajustant son soutien-gorge.

Elle n'avait pas besoin de se creuser la tête.

— Je baiserais. Je baiserais, je baiserais comme une folle, tous les jours, toutes les nuits, jusqu'au grand flash final !

Olga pouffa :

— Je comprends que Max attende ça avec impatience !

— Je t'ai parlé de Max ?

Toutes rirent de bon cœur. Olga plus que les autres. Elle savait que la grosse Amandine n'était pas farouche. Combien de fois était-elle allée avec un chef de rayon ou un cariste vérifier l'état des stocks dans la réserve du magasin où elle travaillait ? Elle appelait ça « faire l'inventaire » ! La grosse Amandine se vantait publiquement d'« aimer ça ». Quand elle avait envie, elle avait envie, c'était comme pour sa vessie. Il fallait qu'elle le fasse tout de suite sinon elle étouffait, ça lui mettait la tête à l'envers et la rate au court-bouillon. Mais ça ne voulait pas dire qu'elle n'aimait pas son mari ! Elle ne mesurait pas ses caresses pour lui mais elle professait qu'il fallait toujours céder à la tentation ; qu'elle ne voulait pas mourir avec des regrets ; pire, avec des remords : « La vie est trop courte pour ne pas s'en donner le plus qu'on peut ! »

Soudain, elles entendirent Jo qui rendait tripes et boyaux dans les W.-C. Elles la trouvèrent agenouillée, cramponnée à la cuvette. Ce qui était sorti par le haut était aussi sorti par le bas, dégageant une odeur écœurante.

— C'est l'Apocalypse, conclut la grosse Amandine, la bouche tordue de dégoût.

Jennie avait changé Malorie.

Elle en avait profité pour la débarbouiller et lui faire enfiler un short, plus commode que la robe que sa mère avait absolument voulu qu'elle porte en l'honneur de Mike. Elle s'était occupée aussi des deux petites de Moussa, cinq et sept ans, avant qu'il leur arrive le même accident qu'à sa sœur. Seul Joseph, leur grand frère, n'avait pas voulu qu'elle s'occupe de lui. Il boudait parce qu'il n'y avait que des filles et qu'il ne voulait pas jouer avec elles. Il pensait : *Surtout des filles qui pissent dans leur culotte*, mais il n'osa le dire, de peur de s'en prendre une. Jennie l'avait à l'œil.

Ils jouèrent à chat.

Ils jouèrent à la corde à sauter.

Ils jouèrent à la marelle.

Ils jouèrent à « Jacques a dit ».

Ils jouèrent à cache-cache.

— C'est moi qui m'y colle ! décréta Jennie. Je compte jusqu'à cinquante et vous allez vous planquer, d'accord ?

— Jusqu'à cent ! enchérit le garçon.

— Tu veux aller te cacher où ? Dans un avion ? ironisa Jennie alors que, justement, un gros-porteur passait au-dessus d'eux.

Les deux petites se bouchèrent les oreilles et Malorie les imita en riant. Jennie accepta de compter jusqu'à soixante-dix et ils se dispersèrent.

— Tu ne triches pas ! lança Joseph en partant.

Jennie gardait la petite Malorie auprès d'elle.

— Je ne triche jamais ! s'indigna Jennie, faisant tourner sa sœur vers le mur.

Puis, raide et fière, elle l'imita et compta, heureuse d'entendre que sa Sissi comptait aussi :

— Un… deux… trois…

Mike jeta un coup d'œil aux filles, s'assura que les femmes étaient toujours à la cuisine et se leva. Il avait le regard un peu trouble mais il tenait le choc avec vaillance. Mike bomba le torse.

— Je propose qu'on arrête sur l'an 2000 et la fin du monde et qu'on lève nos verres à l'avenir ! Après tout, l'an 2000 finit dans six mois et d'ici là on a le temps de s'en mettre plein le cornet et ailleurs !

Il se fit solennel :

— Je lève mon verre à l'amour et à l'avenir !

— Que nos femmes ne soient jamais veuves ! enchaîna Max.

— Ni Dieu, ni maître, que des maîtresses ! renchérit Freddy.

Et ils continuèrent à enfiler des perles jusqu'à ce que leurs verres soient vides. Puis Mike lâcha ce qu'il avait sur le cœur à propos du chantier où ils travaillaient pour le compte d'un sous-traitant de sous-traitant de Bouygues. Le ravalement complet d'un immeuble de dix-sept étages et la réfection totale de la cage d'escalier et des parties communes. Ils avaient au moins quatre mois de travail devant eux !

— Je sais, dit Mike, en se raclant la gorge.

Il se reprit avec une inflexion méditative, teintée d'anxiété :

— Je sais, ce n'est ni le jour ni l'endroit, mais faut quand même, je ne peux pas faire comme si de rien n'était. J'ai les boules : ils se foutent vraiment de notre gueule !

— Plutôt que de penser à tes boules, pense au boulot ! Quatre mois de boulot, merde ! Quatre mois...

— N'empêche qu'ils se foutent de nous.

— T'espérais quoi ? demanda Max, levant les deux bras comme un prophète ou un prêtre. Que le ciel s'ouvre et que ça tombe tout rôti dans ta grande gueule ?

Mike lui fit signe de se taire.

— Je n'espère rien, je ne crois rien, je ne suis pas croyant. Je veux seulement qu'ils nous payent les heures sup comme des heures sup ! C'est tout. Si on est assez cons pour accepter qu'ils fassent comme si c'était normal d'agir comme ça, ils auraient tort de se gêner. Mais moi, je ne marche pas. Hier quand vous êtes partis, je suis monté au bureau leur dire ce que j'en pensais et les prévenir. S'ils continuent à me prendre pour un con, je pose mes outils, et si vous n'êtes pas des larves, vous ferez comme moi.

— Tu veux les poser où ? demanda Jeanjean les yeux écarquillés.

Salva se pencha vers lui en traduisant amicalement :

— Il veut qu'on se mette en grève.

L'heure du gâteau avait sonné.

La grosse Amandine prit les choses en main. Tout cela demandait un peu de préparation, sans chichis, sans flaflas, mais quand même... Elle ordonna à son frère et à Olga de dégager le plancher :

— Allez dans la chambre de derrière, on vous appellera ! Et n'en profitez pas pour faire des cochonneries !

— Tu es sûre que tu ne veux pas que je t'aide ? proposa Olga.

— File ! souffla la grosse Amandine. Et arrange-toi pour que ton bonhomme soit présentable quand vous viendrez. Max va faire des photos.

— Et moi, j'ai une petite caméra ! fanfaronna Salva.

Zoulé aussi avait un appareil.

— Où sont les enfants ? s'inquiéta-t-elle soudain.

Slimane la rassura en lui montrant le coin de la maison où Jennie et la petite Malorie achevaient de compter jusqu'à soixante-dix.

— Ils jouent à cache-cache, dit-il, étrangement ému.

Mike emporta un fond de meursault et deux verres. Dès qu'ils furent dans la chambre, il les remplit et proposa à Olga de trinquer en amoureux.

— Tu devrais peut-être un peu lever le pied, suggéra la mère de Jennie. Si tu avais vu Jo, elle avait…

Mike l'embrassa pour la faire taire.

— On n'a pas tous les jours quarante ans !

— Encore heureux, soupira Olga, et elle trinqua avec lui.

Mike lui prit le verre des mains, le posa sur la table de nuit avec le sien. Il se pencha vers elle.

— Tu te souviens quand tu es venue me rejoindre à Nice, sur le chantier ?

— Si je m'en souviens ! C'est là qu'on a mis la petite en route…

— T'avais ta robe rouge que je t'avais offerte sur le marché. Jamais je ne l'oublierai. Quand je pense à toi, j'y pense toujours avec cette robe.

— Eh bien maintenant tu peux penser à Jo, parce que je n'avais que celle-là à lui prêter…

Mike n'écoutait pas ce qu'elle disait, il avait d'autres idées en tête.

— Tu sais que je t'aime ? chuchota-t-il.

— Pourquoi tu me dis ça ?

— Parce que des fois, je me demande si tu le sais.

— Bien sûr que je le sais ! s'emporta Olga, haussant les épaules.

Une lueur d'ironie traversa son regard.

— Et toi, tu sais que je t'aime ?

— Oui, je le sais, Olga. Putain je le sais plus que personne !

Mike sentait la sueur couler dans son dos. Il s'enflamma :

— Tu es ma femme. Tu m'as donné une fille ! Une beauté, une princesse ! La chair de ma chair ! Mon petit amour ! Mon bébé sorti des couilles de papa pour faire le gros ventre à maman !

— Que t'es bête…

— Olga, je t'aime ! Je t'aime comme un fou ! Même si je ne fais pas toujours les choses comme il faut, si je ne dis pas tout ce qu'il faut, comme il faut, je veux que tu saches que je t'aime ! Je t'aime ! Et personne ne t'aimera jamais comme moi !

L'alcool, l'émotion, la torpeur, le discret parfum d'Olga, celui de sa peau, Mike ne put se retenir et se mit à pleurer, répétant « Je t'aime, je t'aime, Olga, tu es mon amour, la femme de ma vie » comme un long cri d'oiseau. Puis, retrouvant son souffle, il émergea de ses larmes, entêté, plaintif :

— Viens, viens ! Je veux te faire un enfant ! proclama-t-il, entraînant Olga sur le lit. Tout de suite. Un autre bébé pour toi, mon amour !

— On n'a pas le temps ! protesta Olga, se débattant tandis que Mike essayait de lui enlever sa culotte.

— Je m'en fous de ce qu'ils préparent. J'aime pas le gâteau. Je te veux. J'ai envie. Je veux que tu sentes ton homme en toi !

— J'ai mes règles, gémit Olga, repoussant Mike. J'ai un tampon…

Mike se mit à rire. Un rire en cascade qui semblait se briser sur ses dents.

— C'est la meilleure ! s'exclama-t-il. C'est mon anniversaire et la salle de jeu est en peinture !

Mike se déboutonna :

— Montre-moi comme tu es belle ! C'est pas un peu de sang qui va m'arrêter. Montre-moi !

— On va en mettre partout ! gémit Olga, repoussant la main de Mike.

— C'est mon anniversaire…

— Sois gentil.

Mike prit son visage entre ses deux mains, les yeux noirs d'interrogation. Il la fixa comme s'il cherchait à l'envoûter :

— Je ne suis pas gentil ?

Olga sentait son cœur battre, sa respiration s'accélérer. L'odeur de lessive propre, de parfum bon marché, de transpiration et de vin l'étourdissait. On dit que la chaleur monte ; pourtant, elle pesait sur la chambre du rez-de-chaussée plus que sur toutes les autres pièces malgré les volets croisés. Les bruits du dehors parvenaient indistincts, mêlant les phrases inaudibles au tintement de la vaisselle, des bouteilles et d'autres choses encore comme le roulement lointain de l'autoroute, les avions en approche ou au décollage. Tout cela les assaillait sans qu'ils aient conscience que c'était à cause de l'air chaud qu'ils avaient le souffle court, à cause du grondement secret du monde qu'ils avaient l'esprit confus. Olga se sentait flotter dans cette région improbable entre la veille et le sommeil. Elle ne voulait pas. Non. Elle se refusait. Non, non. Ses griffes étaient tranchantes, ses crocs puissants. Elle était une bête farouche, une vierge armée, un monstre des profondeurs. Ses oreilles tintaient de « je t'aime », de « tu sais que je t'aime », de « dis-moi que tu sais que je t'aime ». Oui, répondait l'écho. Oui, oui, oui. Oui, elle voulait bien. Non, elle ne voulait plus. Arrête. Elle voulait, elle ne voulait pas. Les lèvres de Mike la muselèrent. Non. Non. Mike ! Je saigne, j'ai du sang, tu sais. Son cœur se déchirait. « Je t'aime, c'est mon anniversaire, je veux, je veux, j'ai envie, Olga j'ai envie... »

Elle céda.

La lézarde du plafond devint une crevasse. Sur une photo encadrée la mer sautait au-dessus d'une digue. Elle le laissa plonger sa main entre ses cuisses, la mettre à nu. Elle rit mais son rire sonnait faux. « Tu me chatouilles ! Ne me fais pas rire, viens, dépêche-toi si t'as envie. » Sa culotte vola au-dessus de leurs têtes. Culotte vole ! Elle avait la fièvre, ses tempes battaient. Elle pensait avec candeur : *Plus vite on s'y mettra plus vite ce sera fini.* Mais elle se sentait incapable de faire un geste, d'aider Mike, de bouger, comme si tout en elle repoussait ce que sa parole accordait. C'était à lui de faire ce qu'il fallait. Elle lui abandonnait son corps. Elle ferma les yeux, dodelinant de la tête, récitant comme une comptine : un sein, une fesse, une fesse, un sein, un sein, un sexe, sein, fesse, sexe, fortune de mer, butin de guerre, trophées. Ses muscles se détendirent, ses nerfs lâchèrent prise. Proche de l'hébétude, elle s'entendit chuchoter « viens, viens », mais à distance, comme si ce n'était plus elle qui parlait mais un lutin caché en elle dont elle était la marionnette.

— Je t'aime, répéta Mike avec une grimace tragique.

Il l'embrassa, pétrissant sa poitrine avec une gaucherie douloureuse, caressant son ventre, murmurant « tourne-toi, Olga, tourne-toi, mon amour »…

Le soleil tapait dans un ciel tranquille et vide.

Jennie et Malorie trouvèrent rapidement les deux petites qui s'étaient cachées ensemble sous l'escalier derrière le gros rouleau de papier bulle. Malorie leur donna la main et toutes les quatre pistèrent Joseph, chantant pour s'encourager :

*Une souris verte
Qui courait dans l'herbe
Je l'attrape par la queue
Je la montre à ces messieurs…*

Jennie marchait en éclaireuse, svelte, souple, d'un pas léger. C'était une eau vive qu'accompagnait une volée d'oiseaux.

Joseph était bien caché.

Il n'était pas dans l'appentis ni derrière la haie. Il n'était pas près du garage ni sous l'empilement de parpaings, ni derrière les sacs de ciment. Il n'était pas grimpé dans l'arbre, ni descendu dans l'ombre de la cave. Il n'était pas ici, il n'était pas là.

Joseph était introuvable.

Soudain, en longeant le mur, Jennie entendit un bruit qui venait de l'intérieur de la maison. Un souffle mystérieux, un grincement de fer qu'on tord, une voix étranglée. D'un geste impératif elle ordonna aux autres de ne plus bouger, de se taire. Elle avança brûlante de certitude, il était là. Joseph était dans la chambre de derrière, farfouillant sans honte dans leurs affaires pour se déguiser et leur faire peur. Jennie retint sa respiration. Les muscles de ses bras et de ses jambes se durcirent, prêts à l'assaut. Avec une grâce féline, elle se glissa sous les battants entrouverts des volets et jeta un coup d'œil à l'intérieur. Les rayons du soleil se faufilaient par les fentes du bois jusqu'au pied du lit. L'armoire semblait une géante d'ombre et la commode à côté d'elle son chien obèse. Les fleurs du papier peint alignaient leur armée aux uniformes rouges et jaunes pour encercler la pièce. La chanson lui trottait dans la tête :

> *Ces messieurs me disent*
> *Trempez-la dans l'huile*
> *Trempez-la dans l'eau*
> *Ça fera un escargot tout chaud !*

D'abord Jennie ne comprit pas ce qu'elle voyait, plus exactement elle ne parvint pas à croire ses yeux. Elle passa de l'incrédulité à la perplexité, de la perplexité à l'étonnement, de l'étonnement à l'indignation. Olga gémissait à genoux sur le lit, suppliante, les poings serrés sur le couvre-lit, la robe retroussée bien au-dessus des hanches. Tous seins dehors, toutes fesses offertes. Des mèches lui tombaient sur le front, elle transpirait, la bouche ouverte, les joues creusées, un pli au front. Derrière elle, Mike la besognait à grands « han ! », les yeux fixés sur les étoiles, le visage ruisselant de sueur, jurant, râlant :
— Jouis ! Jouis !
Et, dans un cri qui le scia :
— Putain, je viens !
Jennie recula si brusquement que sa tête heurta le volet. C'est alors que le regard de sa mère rencontra le sien.

Quand elle revint à table, le visage d'Olga, si coloré d'habitude, était devenu d'un blanc cireux, mais personne ne le remarqua, pas plus que ses yeux battus de larmes. Tous scandaient « Mike ! Mike ! », attendant que le héros de la fête fasse son apparition pour souffler ses bougies.

— Voilà l'homme ! dit-il en sortant de la maison, rajustant ostensiblement son pantalon.

Ils applaudirent.

La grosse Amandine, Mme Guéry et Zoulé apportèrent la génoise à la groseille où quarante bougies étaient allumées entre les lettres de « MIKE » tracées à la crème pâtissière, ornées de perles en sucre. Mike prit une grande inspiration et les souffla toutes d'un coup sous les vivats. Jennie ne quittait pas sa mère des yeux, comme si elle s'attendait à voir des insectes lui sortir de la bouche, des oreilles, comme si sa peau devait se décoller, découvrir les muscles, les nerfs, l'os, comme si elle allait se liquéfier au soleil et disparaître dans la terre encore grasse de ce qui était tombé la veille.

Une pétarade la fit sursauter.

Tournant le coin du pavillon, Salva arriva, monté sur une moto de trial, une Kawasaki 500 S GP2. Mme Guéry donna le signal et ils chantèrent en chœur : « Joyeux anniversaire ! Joyeux anniversaire, Mike ! Joyeux anniversaire ! »

Salva freina juste devant Mike en dérapant légèrement.

— Voilà, c'est pour toi, mon pote. Joyeux anniversaire !

La grosse Amandine tendit à Mike une coupe de champagne.

— C'est de notre part, de notre part à tous !

Ils avaient tous mis de leur poche. Mais c'était loin de faire le compte. Alors Olga avait emprunté à la banque de quoi compléter les vingt-deux mille francs que coûtait la machine. Un remboursement sur deux ans.

La dernière fois que Mike était monté sur un engin comme celui-là, il s'était viandé en course, à un tour de la fin. Il pointait en troisième position et s'apprêtait à passer en tête. Il avait amorcé le virage, mis les gaz à fond pour doubler dans la courbe, une folle accélération et puis rien. Du noir, du rouge, du rien éblouissant. Il s'était réveillé à l'hôpital, coincé dans un corset de fer, la tête et les jambes bandées, un bras dans le plâtre. Ce souvenir transforma son visage en pâte gélatineuse. Sa tête bourdonnait, son esprit était assailli d'images sanglantes qui tournoyaient devant ses yeux. Il sentit ses os se briser comme du cristal et se ressouder si violemment qu'ils lui arrachèrent un petit cri de douleur. Sa gorge le brûlait. Son menton tomba sur sa poitrine, ses bras flottèrent le long de son corps. Il vacillait au-dessus du puits sans fond de sa mémoire. Soudain il se redressa. Il n'allait pas tourner de l'œil, merde ! C'était un homme, un vrai. Un qui tenait l'alcool, un mâle qui ne rechignait jamais à mettre les mains dans l'huile et le cambouis !

Il vida cul sec sa coupe de champagne et recouvra ses esprits.

— Putain, les mecs ! rugit-il en essuyant une larme imaginaire. Ça me scie les couilles…

Il se reprit :

— Pardon, mesdames, je voulais dire que je ne sais pas quoi dire, parce qu'on ne m'a jamais fait un cadeau comme ça... C'est dingue, c'est complètement dingue !

— Essaye-la donc au lieu de bavasser ! l'encouragea la grosse Amandine.

— Minute, papillon ! cria Salva. Je filme...

Mike enfourcha la moto et, au signal de Salva, il partit faire le tour de la maison, accompagné des vivats et des hourras de ses invités. Puis, revenant vers eux sans ralentir, il attrapa la petite Malorie au passage.

Jennie s'élança :

— Arrête ! Arrête ! s'époumonait-elle à sa poursuite.

Mais Mike ne s'arrêta qu'après avoir fait le tour complet, malgré les cris et les pleurs de sa fille. Olga eut un mouvement de recul quand il déposa la petite dans ses bras.

— Qu'est-ce que t'as ? demanda Mike, étonné du regard mouillé, des lèvres blanches de sa femme.

Jennie accourut, hors d'haleine.

— T'as pas le droit de faire ça ! cria-t-elle à Mike, reprenant la petite qui pleurait encore des bras d'Olga.

Mike la repoussa du pied.

— Elle n'est pas en sucre !

— T'as pas le droit, c'est un bébé !

— C'est peut-être toi qui vas me dire ce que j'ai le droit de faire ou pas ?

— Oui, c'est moi, affirma crânement Jennie, que la poussière et le soleil aveuglaient.

Tous se moquèrent de Mike.

— T'as trouvé à qui parler ! dit Max.

— Elle n'a pas froid aux yeux, la Jennie, susurra M. Guéry.

— La petite a raison, approuva sa femme. On ne promène pas sa fille sur une moto comme ça. Surtout sans casque !

Une cloche sonnait au loin, Mike se raidit. On se payait sa tête. Il sentait bien que tous se foutaient de lui, même si les idées chahutaient dans sa tête comme du verre pilé.

— Qu'est-ce que vous avez tous après moi ? Qu'est-ce que je vous ai fait ? Qu'est-ce qu'il y a ? Allez-y, dites-le ! Vous dégonflez pas. Dites-le, pourquoi vous vous foutez de moi !

— Oublie ! On te charrie gentiment, champion ! répondit Freddy, lui offrant une nouvelle flûte de champagne en gage de paix, de conciliation.

Mais Mike ne voulait rien savoir.

— Vous croyez que je ne sais pas conduire une bécane comme ça ? Vous croyez que je suis taré d'emmener ma fille avec moi ? Vous pensez que je suis quoi ? Un père indigne ?

— On n'a jamais dit ça ! Personne n'a dit ça.

— Vous ne l'avez pas dit, mais vous le pensez. « Mike, il n'a pas les yeux en face des trous et il fait n'importe quoi ! » Mais, moi, je vous em…

L'atmosphère était lourde, épuisante. M. Guéry intercéda plaintivement :

— Mike, tu ferais mieux de lever le pied cinq minutes. T'as tout le temps de t'en servir, de ta bécane ! On voulait te l'offrir, on te l'a offerte…

Et, se tournant vers Olga :

— Et ta femme n'est pas celle qui y a le moins contribué. Il faut que tu le saches. Mais aujourd'hui, c'est ta fête, ton anniversaire, et c'est pas l'heure de faire de la compétition ni du rodéo…

Mme Guéry pinça les lèvres.

— Tout de même, votre fille, c'est pas un veau qu'on peut prendre au lasso !

Mike l'observa un instant, le regard vide, puis il se détourna de cette femme dont la froideur le transperçait. Olga se tenait près de lui, droite et grave, les yeux pleins de reproches. Mike passa sa main sur sa bouche comme s'il voulait, par avance, nettoyer de toute acrimonie les mots qu'il allait prononcer.

— Tu ne m'embrasses pas ? demanda-t-il à Olga d'une voix haletante.

Elle répondit avec lassitude :

— Écoute M. Guéry. Viens manger ton gâteau.

Il insista :

— Tu trouves que je ne t'aime pas comme il faut ?
— Mike…

Son visage pâlit d'un coup.

— Tu veux que je te prouve que je t'aime comme personne ne t'aime et ne t'aimera jamais ?

— Arrête, plaida rudement Olga. Je sais que tu m'aimes. Je le sais. Tout le monde le sait. Je n'ai pas besoin de preuve. Viens, descends. On va couper la génoise que ta sœur a faite exprès pour toi…

Mike ne voulait pas en rester là. Il fit un grand geste panoramique, la baraque à la dérive, le terrain à moitié en friche, les palettes de matériaux, les bouts de ferraille, le ciel bleu comme à la création du monde :

— Tu vois, là-bas, poursuivit-il la gorge sèche. Tu vois ?

— Oui, répondit Olga, pour ne pas le contredire.

— Qu'est-ce qu'il y a, au bout du terrain ? questionna Mike, d'un ton mauvais. Dis-moi ce que tu vois au bout du terrain ? Allez, dis-le ! Dis-le, que tout le monde t'entende !

— La voie de chemin de fer, pourquoi tu veux que je te dise ça ?

Le visage de Mike s'assombrit en même temps qu'il s'éclaira d'un grand sourire.

— Et de l'autre côté ?

— J'en sais rien ! s'énerva Olga, qui ne comprenait pas où il voulait en venir.

Mike triompha, allumé :

— De l'autre côté, il y a un grand pré où personne ne va ! Et pourquoi personne n'y va ? Parce que avant il y avait là une usine qui produisait des saloperies chimiques qui ont pourri la terre. Un grand pré dont on ne veut même pas pour agrandir le cimetière. Eh bien moi, je vais y aller, de l'autre côté, pour te prouver que je t'aime, que j'ai tellement d'amour pour toi que rien ne me fait peur, ni les saloperies chimiques, ni la terre pourrie, ni le cimetière derrière. Puisque je t'aime, je ne crains rien. Rien du tout !

— Tu déconnes ? grimaça Freddy, ne sachant s'il fallait s'émouvoir de si belles déclarations ou s'en inquiéter.

— Qu'est-ce que tu veux faire ? demanda Slimane qui, à son tour, sentait la fête tourner à l'orage. Tu veux sauter au-dessus des rails ?

Tous se turent.

— Mike, c'est un as ! s'émerveilla Salva, pour briser l'insupportable silence qui s'installait. S'il veut sauter au-dessus des rails, il saute au-dessus des rails ! Moi, je l'ai vu faire des trucs plus canon que ça quand il avait encore sa vieille moto. Il aurait pu faire du cinéma.

— Avant qu'il se plante, persifla Freddy.

Qui pouvait oublier les trois mois d'hosto de Mike après son accident, l'angoisse qu'il ne puisse plus jamais marcher ?

Salva décréta que « le passé, c'est le passé » et que ce n'était pas le moment de jouer les rabat-joie.

— T'y comprends rien : un as, c'est un as, quand t'es un champion, tu restes un champion ! Pas vrai, Mike, que t'es un champion ?

— Tu l'as dit, répondit Mike, l'œil pétillant, la langue gourmande. J'ai gagné trois courses !

Il apostropha Freddy :

— Regarde bien ce que c'est qu'un champion !

Et sans attendre il embraya et fila vers le fond du terrain où un remblai de terre pouvait servir de tremplin.

— Je t'aime, Olga ! Putain, je t'aime ! Tu vas voir comme je t'aime !

Épuisée, la petite Malorie, le pouce dans la bouche, s'était endormie dans les bras de Jennie. Sans se concerter, les femmes s'étaient regroupées autour d'Olga, Zoulé serrait ses enfants contre elle comme si elle cherchait à les protéger d'un danger inconnu, Mme Guéry remontait nerveusement ses lunettes sur son nez, ses doigts tremblaient. Jo, le visage aussi rouge que sa robe, avait pris Saïda par le bras ; son ventre gargouillait et elle craignait de devoir encore s'éclipser en quatrième vitesse. Les hommes formaient un groupe compact, rigolards, bravaches, finissant les bouteilles de champagne au goulot.

— Encore une de morte ! jura Max, lançant loin de lui celle qu'il venait de boire jusqu'à la dernière goutte.

Seul Jeanjean, resté à table, était trop occupé à lécher la confiture sur ses doigts et à s'empiffrer de gâteau avant tout le monde pour s'intéresser aux conneries de Mike. Chaque bouchée qu'il engloutissait le faisait glousser de plaisir, alors l'autre pouvait bien faire ce qu'il voulait sur sa moto…

Salva filmait avec le Caméscope qu'il avait eu à Noël.

Il vit Mike arriver sur le remblai à pleine vitesse, prendre son appel et décoller dans les airs, hurlant de défi :

— Olga ! Je t'ai…

Sa voix se perdit dans son envolée. Il resta un instant en suspension, un chevalier volant, l'archange saint Michel qui monte aux cieux, et disparut. L'effroyable bruit d'un choc surprit Salva qui en lâcha sa caméra. Un coup de gong géant, un ra de tambour voilé, une explosion déchirante de grincements, du feu qui prend, du verre qui explose, le vacarme d'un saccage acclamé d'étincelles.

Les secours mirent plus de vingt minutes à arriver.

De toute façon il n'y avait rien à sauver. Mike avait percuté l'avant d'un TER lancé à pleine vitesse. Tué sur le coup, décapité. Heureusement, le conducteur du train n'avait pas été blessé. Il avait pu arrêter son convoi quelques centaines de mètres plus loin et le train n'avait pas déraillé.

La mort de Mike ne tira pas une larme à Jennie. D'ailleurs cela faisait longtemps qu'elle ne pleurait plus. Même s'il y avait sans cesse des choses qui lui donnaient envie de pleurer, elle ne pleurait jamais.

— Maman avait raison, remarqua calmement Jennie. Treize à table, ça porte malheur…

Du cimetière, en se hissant sur la pointe des pieds, on pouvait voir le toit de la maison au-delà du terrain de l'ancienne usine de produits chimiques et de la voie ferrée. De nouveau ils étaient tous là. Tous ceux qui avaient été présents à l'anniversaire de Mike, plus Moussa mais sans ses enfants, trop petits pour assister à un enterrement ; il y avait aussi des motards avec qui Mike faisait de la compétition en club avant son premier accident, son copain de la mairie qui lui avait arrangé la vente du terrain, un ancien instituteur qui l'avait pris en affection, deux couples de vieux amis de ses parents, décédés depuis longtemps. Personne du chantier n'était venu. Pas plus l'ingénieur de sécurité que le chef des travaux et encore moins quelqu'un de la direction, pas même Legnargue, le responsable du personnel avec qui M. Guéry avait dû batailler ferme pour que son équipe puisse s'absenter. Il avait dû lui garantir que le travail ne prendrait pas le moindre retard, quitte à faire des heures sup autant qu'il faudrait sans surcoût pour la boîte, voire à travailler le week-end.

Il n'y eut pas de cérémonie religieuse mais une simple bénédiction prononcée par un diacre au nez violacé, au visage grêlé. L'homme les rassembla dans une petite pièce glaciale où le cercueil avait été déposé sur des tréteaux couverts d'un drap noir. Il attendit qu'ils soient prêts à l'entendre et d'une main tremblante alluma une bougie qu'il posa précautionneusement sur la bière.

— La lumière, c'est la vie, dit-il d'un ton lugubre.

Et il le répéta en soufflant entre les mots, d'un ton plus lugubre encore :

— La lumière… c'est la vie.

Puis, comme si leur silence l'offensait, il entama son homélie, parlant de plus en plus fort, furieux, rageur, les accusant pêle-mêle de ne pas aller en pèlerinage à Lourdes, d'ignorer la différence entre dire et faire, d'être sourds aux commandements divins, de vivre loin du Ciel et d'autres choses encore que personne n'écouta ; tous étaient convaincus que, malgré l'heure matinale, l'homme avait dû forcer sur la boisson. Pas une fois il ne prononça le nom de Mike ni ne fit allusion à sa vie, son histoire, ses proches. Pas une fois il ne délivra une parole de compassion, perdu dans un combat qu'il semblait mener contre des démons que lui seul voyait et affrontait.

— Un jour, le Fils va dire à la Mère : Tu ne peux pas retenir mon bras plus longtemps ; car toutes les âmes ou presque tombent en enfer ! Et elle reconnaîtra qu'il a raison et arrêtera de retenir Son bras. Ce ne sera pas comme le Déluge, car Dieu a promis qu'il ne nettoierait plus la surface de la terre par les eaux. Il n'a pas dit en revanche…

Il s'arrêta brusquement pour s'essuyer la bouche avec sa manche. Comme il avait perdu le fil, il annonça d'un ton sans réplique le Notre Père.

— Notre Père, qui êtes aux Cieux… psalmodia-t-il en postillonnant.

Ses joues tressautaient.

— Que Ton nom soit sanctifié, que Ton règne arrive…

Il accéléra.

— Que Ta volonté soit faite sur la terre comme au Ciel…

Seuls la grosse Amandine, Mme Guéry et les deux couples de personnes âgées récitèrent la prière avec lui. Au premier rang, serrées les unes contre les autres, Olga et ses deux filles baissaient la tête, dans une attitude où l'accablement l'emportait sur la tristesse. Zoulé, Jo, Aïcha, des bouquets de fleurs à la main, baissaient la tête elles aussi. Zoulé et Aïcha par respect, Jo – sobre cette fois-ci – pour s'empêcher de rire au nez du diacre. L'homme expédia si rapidement la prière que ni la grosse Amandine ni Mme Guéry ni même les vieux ne parvinrent à suivre pour la salutation finale. Après un « amen ! » vengeur, le diacre mouilla ses doigts pour éteindre la bougie puis congédia l'assemblée en indiquant que le crématorium était à droite en haut des marches.

— Il y a une corbeille à la sortie pour le service…

Mike allait être incinéré.

La grosse Amandine aurait préféré que son frère soit enterré, mais elle avait refusé d'assumer les frais et Olga ne pouvait pas faire face. Ils entrèrent dans une pièce circulaire où ils devaient attendre la remise des cendres, assis sur des bancs de pierre.

— De toute façon, fit remarquer Max en s'adossant au mur, il n'y a plus de place dans ce foutu cimetière. Et si t'en veux une quand même, ils te la font payer dix fois son prix, sans parler de ceux à qui il faut graisser la patte…

Ce furent les seules paroles prononcées pendant la crémation.

La coupole qui surmontait la pièce était percée d'un puits de lumière sous lequel Olga pleurait en silence. De grosses larmes qui coulaient sur sa bouche et qu'elle essuyait d'un coup de langue. Elle avait refusé d'assister à l'entrée de la bière dans l'incinérateur. Seuls Max et M. Guéry y étaient allés. Deux haut-parleurs diffusaient les musiques choisies pour accompagner le recueillement. Des chansons qu'aimait Mike. De la variété, « Putain de camion » de Renaud, « Retiens la nuit » par Johnny Hallyday,

« Love me tender » d'Elvis Presley, les chœurs de l'Armée rouge, du rap, du heavy metal et d'autres morceaux du même genre.

— Rien de classique ? s'était étonné le préposé au crématorium.

— Non, c'était pas son genre.

Comme dernier titre, Olga avait retenu « Le déserteur » de Boris Vian, dans la version de Peter, Paul and Mary, un cadeau qui venait du père de Mike et auquel il tenait plus que tout.

Amandine triturait son mouchoir, soupirant bruyamment. Elle avait honte de laisser son frère partir en fumée. Elle gémissait, levant les yeux au ciel pour le prendre à témoin du chagrin qui la faisait hoqueter. Mme Guéry égrenait son chapelet, ressassant ce qu'elle avait dit à Mike sur « l'Après » et comment il s'était moqué d'elle en répondant que la mort il n'y pensait jamais, qu'il était « comme les bêtes ». Elle dormait très mal depuis l'accident, tourmentée par l'idée que Mike était un cavalier de l'Apocalypse, un ange déchu. Elle avait eu un juste pressentiment de ce qui allait lui arriver et personne n'avait voulu entendre la voix qui parlait en elle. La même voix qui lui disait que le monde aurait une fin, qu'ils seraient tous emportés dans un grand flot. Tous, sauf elle, sur son canot pneumatique.

Quant aux hommes, ils demeuraient impassibles, sombres, étonnés de se découvrir les uns les autres avec une cravate autour du cou, sauf Jeanjean que sa mère avait obligé à mettre un nœud papillon.

Comme toujours, Jennie s'occupait de Malorie. La petite ne comprenait pas ce qu'elle faisait là, pourquoi personne ne parlait, pourquoi il y avait de la musique comme à la maison et que personne ne dansait, pourquoi ils faisaient tous une drôle de tête et portaient des habits noirs. Elle avait froid, elle avait faim, elle s'embêtait, tirant le manteau de sa grande sœur, tournant autour d'elle en faisant toutes les grimaces possibles pour que Jennie s'intéresse à elle. Mais Jennie avait la tête ailleurs. Elle ruminait l'expression répétée plusieurs fois par M. Guéry : « Mike a été tué sur le coup. » Une expression qu'elle sentait tournoyer en elle avec un sentiment mélangé d'horreur et de ravissement. Elle essayait de se concentrer sur le moment précis où la moto de Mike et le TER étaient entrés en collision, de se figurer ce fameux coup qui avait tué Mike. De tracer mentalement la frontière minuscule qui sépare la vie de la mort, « pas plus épaisse que du papier à cigarette », ajoutait encore M. Guéry.

Jennie était impatiente de retourner au collège, de pouvoir dire aux autres :

— L'ami de ma mère a été tué sur le coup…

Après les vacances, elle serait le centre de toutes les conversations, parée de l'aura mystérieuse de celle qui a vu un homme « tué sur le coup ». Qui a vu la mort. Elle n'hésiterait pas à prononcer le verbe « tuer », en insistant. En le laissant résonner dans l'esprit de chacune de ses copines. « Tuer », un verbe qui, d'ordinaire, n'a pas sa place dans une cour de récréation. Ce serait comme sortir un revolver ou distribuer de la drogue, braver tous les interdits. En même temps, Jennie redoutait de retourner en classe, qu'on l'interroge au tableau : à quel moment se rencontrent un train roulant à cent kilomètres-heure et une moto roulant à sa rencontre à une plus grande vitesse encore ? Jennie était nulle en maths. Elle avait peur de ne pas savoir répondre, d'avoir à manger sa honte devant tout le monde. Si elle avait su résoudre le problème le jour de l'anniversaire de Mike, aurait-elle eu le courage de se mettre en travers de la moto pour empêcher Mike de courir vers ce qui l'attendait ou, au contraire, l'aurait-elle laissé filer, attendant qu'un fracas mortel confirme la justesse de ses calculs ?

Malorie n'en pouvait plus, elle gémissait « pipi ! pipi ! », avec des yeux de chien battu. Jennie la fit sortir avant qu'arrive un accident comme le dimanche précédent.

— Il est mort, papa ? demanda la petite, en se soulageant derrière le caveau monumental d'un peintre oublié.

— Oui, répondit Jennie.

— Il est au Ciel ?

— Oui, dit encore Jennie, repoussant la tentation de dire à sa sœur qu'il n'y avait ni Ciel ni enfer.

— Il revient quand ?

— On ne sait pas, soupira Jennie, la tête basse, honteuse de ce mensonge.

La réponse sembla ravir Malorie. Elle se redressa, constatant avec fierté qu'elle n'avait pas arrosé ses chaussures, remonta sa culotte en se tortillant.

— Tu m'attrapes ? lança-t-elle à sa sœur, avant de filer à toutes jambes droit devant elle.
— Si je t'attrape, je te mange ! cria Jennie en se lançant à sa poursuite au milieu des tombes.

Ils rentrèrent à pied à la maison.
C'était une fin de matinée embrumée et grise, bien qu'officiellement ce soit en été. Peut-être allait-il pleuvoir ?
Mike décédé, Olga se retrouvait seule avec son salaire minable, et deux enfants à charge dans cette baraque à moitié finie au milieu de nulle part, à la merci des banques, de son patron ou des premiers salauds qui voudraient se payer une bonne partie de rigolade avec trois filles sans défense. Son corps était plus douloureux que si elle avait été rouée de coups, traînée par les cheveux sur un chemin plein de pierres, rompue en place publique, brûlée au fer, écartelée. Elle serrait contre elle l'urne contenant les cendres de Mike. La céramique lui collait aux mains. Était-ce son imagination, ou étaient-elles encore chaudes ? Elle ne savait pas, elle ne savait plus. Elle se cramponnait au vase d'un rouge sombre comme une naufragée se cramponne au premier bois qui flotte à sa portée. Jennie la dépassa, la petite Malorie juchée sur ses épaules, riant, tapant des mains, encourageant sa sœur à courir, à la faire sauter comme sur un cheval.
— Au galop ! Au galop !
Olga n'y prêta pas la moindre attention. Elle avançait d'un pas somnambulique, la tête haute, le buste

droit, les yeux mi-clos, encadrée par la grosse Amandine et Mme Guéry qui lui donnaient le bras. Un chien errant aboya en courant vers elles, puis il se sauva sans cesser d'aboyer. Mme Guéry serra plus fort le bras d'Olga. Elle était certaine que c'était l'âme de Mike prisonnière du corps de la bête qui venait s'adresser à elles, réclamer justice, consolation. Mme Guéry, prise soudain d'une hâte terrible, força le pas pour les encourager à aller plus vite, pour fuir ce chien d'enfer autant qu'il les fuyait. Derrière les trois femmes, les autres suivaient, sans ordre, bavardant à voix basse, fumant des cigarettes dans l'air soudain plus vif. Mike par-ci, Mike par-là… Quand même, il en avait… Jamais content, toujours en rogne… N'oublions pas qu'il savait se marrer… Et se battre… Moi, j'ai un chat qui est mort… Leurs voix semblaient se dissoudre dans le vent, comme s'il n'y avait aucune force pour les soutenir. Ils accélérèrent. C'était un étrange cortège, une procession sans bannières ni croix, une manifestation sans banderoles ni drapeaux. Des hommes et des femmes qui traversaient un paysage incertain où la nature résistait encore à l'acier et au béton. Ils longèrent un fossé ouvert par la voirie pour installer une canalisation qui semblait abandonnée. Puis ils passèrent sur un pont de tôle au-dessus d'une autre tranchée remplie de détritus, d'un vieux frigo, d'un matelas taché et de tiges métalliques entremêlées. Un peu plus loin se dressait une longue palissade taguée de haut en bas de grandes lettres roses et noires. Et, en face, trois petits jardins ouvriers avec des cabanes, comme si le XIXe et le XXIᵉ siècle se défiaient. Pour rejoindre plus vite le terrain de Mike, ils coupèrent à travers un chantier où seul un manœuvre africain charriait des brouettes d'une terre jaune, épaisse, qui lui collait aux semelles. Il les salua d'un sourire éclatant et d'un grand geste du bras auquel Jennie et Malorie répondirent.

Un train passait au loin.

Les débris de la moto trial de Mike avaient été déposés sur le terrain. Le groupe s'arrêta devant la ferraille tordue, calcinée, où Zoulé remarqua des taches d'un brun sombre différent.

— C'est du sang ? chuchota-t-elle à l'oreille de son mari, qui la fixa d'un air sévère.

Olga, formidablement immobile, sentit qu'elle devait dire quelque chose :

— Nous en avions parlé une fois avec Mike après son accident... Son premier accident. Il m'avait dit : « Si j'y passe avant toi, ne te lance pas dans des frais, fais ce qui coûte le moins cher et... »

Elle ne put aller plus loin.

Le souffle lui manqua. Elle tenta de reprendre sa respiration mais, prise de vertige, elle crispa les paupières, aveuglée. Elle eut un sanglot sans larmes. Un sanglot intérieur. Le froid la pénétra tout entière comme si une artère s'était rompue dans son cœur ou dans sa tête. M. Guéry lui ôta l'urne des mains.

— Je sais ce que Mike aurait voulu, affirma-t-il pour l'aider. Je suis sûr qu'il ne souhaitait qu'une chose : rester ici, sur son terrain, dans sa maison, près d'Olga et des filles. Alors je propose qu'on n'aille pas plus loin pour disperser ses cendres...

Ils approuvèrent en silence. D'ailleurs, où seraient-ils allés ?

M. Guéry dévissa le couvercle de l'urne et la tendit à la grosse Amandine, mais d'un geste effrayé elle refusa de s'en charger. Olga non plus ne voulait pas y toucher. Max poussa Jeanjean devant lui :

— C'était ton oncle. C'est à toi de le faire. Il faut que ce soit quelqu'un de la famille...

Jeanjean, à la fois gêné et content d'être mis en avant, attrapa l'urne et, adressant un clin d'œil à sa mère, la retourna d'un coup, sans un mot, sans la moindre émotion. Une poussière grise s'envola au-dessus des restes de la moto et s'évanouit dans l'air. Jeanjean secoua le vase pour s'assurer qu'il était bien vide. Il prit tout le monde à témoin qu'il ne restait vraiment rien au fond du pot qu'un trou noir, et d'un geste négligeant il le jeta sur la ferraille.

Olga n'avait pas eu la force de préparer quoi que ce soit. Heureusement, Zoulé et Aïcha avaient apporté des salades, des quiches et des pizzas. Ils s'attablèrent. Les hommes desserrèrent leurs cravates, Jeanjean ôta son nœud papillon et le fourra rageusement dans sa poche, se jurant de le balancer aux ordures à la première occasion.

Olga fit le service. Elle tenait à faire quelque chose. De toute façon, elle ne pouvait pas rester assise. Ses gestes ne lui appartenaient plus. Il fallait que ses jambes marchent, que ses bras bougent, que ses mains s'agitent pour que son corps ne tombe pas en poussière ou vole en éclats comme un verre touché par une pierre. Personne n'osait parler. Mme Guéry s'y risqua la première, d'une voix mal assurée :

— La mort est lâche, soupira-t-elle. Elle frappe toujours par surprise…

— C'est pas lâche, c'est con de mourir comme ça, trancha Jeanjean.

— C'est surtout con de mourir, le rembarra Zoulé, en coupant une quiche.

Jeanjean tendit son assiette, les yeux avides :

— Oui, mais c'est encore plus con de mourir comme ça, s'obstina-t-il. Même si on peut dire que Mike a réussi son coup.

Devant l'incrédulité générale, Jeanjean expliqua :

— Ben quoi ? Qu'est-ce qu'il voulait faire ? Il voulait sauter au-dessus des rails pour aller de l'autre côté. Et qu'est-ce qu'il y a, là-bas ? Le cimetière. Oui ou non ? Oui. Bon : Mike a atterri exactement où il voulait aller.

— Mange, trancha son père, accablé. Et ferme-la.

— Qu'est-ce que j'ai dit ?

— Ferme-la.

Salva essaya de détourner la conversation sur l'accident du Concorde qui s'était écrasé au décollage sur le Relais bleu, un hôtel situé à un kilomètre à peine de chez Olga. Plus de cent morts ! Pour détendre l'atmosphère il raconta une blague qu'il avait entendue à la radio :

— Décollage à vingt heures et à vingt heures dix, directement dans les chambres !

Mais il ne parvint à faire rire que Max et Jeanjean, les autres ricanèrent par politesse. Ils la connaissaient déjà…

Olga s'affairait dans la cuisine. Elle ouvrait les tiroirs, les refermait, sortait des plats du buffet, les remettait, comptait les verres qu'elle rangeait par ordre de grandeur, prise d'une frénésie d'ordre et de classement. M. Guéry vint la rejoindre. Il s'assura qu'ils étaient seuls.

— Ne dites pas non, chuchota-t-il en lui remettant discrètement une enveloppe. Mike était populaire. Tout le monde a donné, même les intérimaires. Ça vous permettra de voir venir…

Olga bredouilla « merci, merci, merci » et, incapable d'ajouter quoi que ce soit, elle s'esquiva aux toilettes pour pleurer sans oser ouvrir l'enveloppe et compter combien il y avait d'argent à l'intérieur. Quand elle sortit, se mouchant dans du papier rose, Mme Guéry était là, dansant d'un pied sur l'autre en attendant son tour.

— Vous savez, dit-elle à Olga, j'ai beaucoup réfléchi. C'est bien simple, je ne dors plus. Si le Seigneur a voulu rappeler à Lui votre mari, c'est qu'Il avait pour lui un dessein. Un plan que nous ne pouvons pas connaître. Cela doit vous réconforter dans cette épreuve. Le Ciel ignore le hasard…

Olga la dévisagea, la bouche entrouverte, partagée entre la frayeur et la colère devant cette femme décolorée, maquillée, parfumée, tirée à quatre épingles. Comme si le diable endimanché s'adressait à elle. Elle eut un mouvement de recul. Mme Guéry la retint par le bras, son regard était dur, fanatique. Elle lui glissa en confidence :

— Pensez-y. Nous sommes dans Sa main…

Puis elle passa aux toilettes, retroussant sa jupe avant même de tirer la porte.

Olga s'adossa au mur et ferma les yeux. Mme Guéry pissait sa bonne conscience ! Les poings serrés, elle se retint d'ouvrir et de la frapper sur la bouche pour lui faire ravaler son Seigneur et ses Cieux, de l'enfoncer vive dans la cuvette des W.-C. pour la faire disparaître avec ses bondieuseries, ses gnangnanteries religieuses qui faisaient monter en elle une telle rage qu'elle effaçait presque entièrement sa douleur.

Lancée par Freddy, la conversation roulait sur les milliers d'appartements vides et les millions de sans-abri ; sur le retour à l'esclavage camouflé sous l'expression « travailleurs pauvres » ; sur les mensonges qui cimentent le capitalisme et enferment les hommes dans une prison où ils meurent sans avoir jamais compris qu'on leur a menti, menti, menti… Moussa servait à boire quand le portable de M. Guéry sonna. Il quitta la table pour s'approcher de la fenêtre où l'on captait mieux. La conversation fut brève. Très brève, même.

— Y a une merde sur le chantier… expliqua-t-il en raccrochant, la grosse veine de son front gonflée et rouge.

Moussa en suspendit son geste au-dessus du verre de Salva.

— Quoi ? Un accident ?

— Ils ont envoyé une équipe pour nous remplacer, soupira M. Guéry.

— Pour la journée ?

— J'en sais rien. En tout cas, une équipe a pris notre boulot. Riton vient de me prévenir. S'il m'appelle, c'est pas pour des conneries.

— OK, dit Salva en se levant. J'ai compris.

Il vida son verre cul sec et, se tournant vers Olga, le visage grave :

— Excuse-nous, mais il faut qu'on parte.

— Qu'est-ce qui se passe ?

— On essaye de nous piquer notre place.

M. Guéry, Salva, Freddy, Max, Jeanjean et Slimane s'entassèrent dans le break de Moussa et levèrent le camp en moins de temps qu'il n'en faut pour le dire. Les femmes restèrent avec Olga et les filles, mais, sitôt la vaisselle faite, la maison rangée, elles partirent. Mme Guéry ne pouvait laisser son salon, Zoulé devait récupérer ses petits chez sa sœur et les autres voulaient profiter de la voiture.

Olga éprouva un grand soulagement de les voir s'en aller, même si, avec les filles, elle leur fit de généreux au revoir de la main tandis que les voitures s'engageaient sur la nationale.

Olga voulait être seule.

Elle éteignit la lumière dans la cuisine et dans le salon et ferma les portes derrière elle, ce qu'elle ne faisait jamais. Le rangement attendrait, d'ailleurs tout était en ordre, même plus que d'habitude, comme pour accueillir un visiteur de marque. Mais qui viendrait maintenant ? Mike ressuscité ? Son spectre ? Le diable ?

Olga entra dans la chambre sans prendre la peine d'allumer, secouant la tête pour chasser ces idées absurdes. L'obscurité apaisa le feu qui se consumait en elle. Elle aimait la nuit, les heures obscures, les temps sombres. Sa robe de crêpe noire garnie de dentelle la grattait, ses chaussures lui faisaient mal, ses collants lui comprimaient le ventre et les cuisses. Pourtant, elle se déshabilla lentement, murmurant pour elle-même :

— Ça ira. Faut que ça aille, ça ira…

Elle s'appuya sur le dossier d'une chaise pour se déchausser puis y posa sa robe et ses collants. Elle ne voulait pas se ronger les sangs. Pas penser à ce qui l'attendait. Pas penser au travail qui reprendrait dès le lendemain, aux dettes qui pesaient sur elle, à la grande armoire pleine des affaires de Mike, à chaque objet, à chaque recoin de la maison qui lui répétait son nom comme un reproche. Mike était parti en criant son amour mais sans un regard pour elle. Et elle, elle n'avait pas pu l'embrasser une dernière fois, car les pompiers lui avaient interdit d'approcher du corps.

— Sincèrement, madame, vaut mieux pas…

Son sang avait déserté son visage. Elle avait blêmi puis rougi de honte quand elle avait senti une coulée froide glisser entre ses fesses et le long de sa cuisse, comme si l'âme de Mike s'échappait d'elle de cette façon humiliante. Elle allait s'évanouir. Le pompier l'avait retenue par le bras.

— Ça va, madame ? Vous devriez vous asseoir.

L'homme sentait l'après-rasage.

Une odeur qui lui avait soulevé le cœur. Pourquoi se souvenait-elle de cela maintenant ? Justement maintenant où elle ne devrait penser qu'à Mike. Mais comment y penser, alors qu'elle ignorait même ce qu'il y avait de lui dans le cercueil livré aux flammes. Qu'est-ce qui avait été dispersé sur le terrain ou envolé dans les nuages ? Du bois brûlé ? Du laiton ? De la chair ? Des os ? Quand elle était petite, au catéchisme, le curé leur avait parlé de la résurrection et leur avait présenté des images de Jésus montrant les plaies de son supplice à saint Thomas. Elle avait été punie pour avoir demandé comment ressusciterait un homme mangé par un requin puisque le Seigneur avait ressuscité avec ses blessures. Devrait-il ressusciter avec les siennes ? La question avait paru insolente. Pourtant, c'était la même qui lui revenait. S'il y avait une chance qu'il y ait un Dieu, comment Mike se présenterait-il devant lui ? Dans quel état ? Mike, tel qu'elle l'avait connu et aimé, ou un amas de chairs sanglantes, carbonisées ? Un corps sans tête ? Elle s'en voulait d'avoir de telles pensées, mais, quoi qu'elle fasse pour les écarter, elles revenaient toujours plus pressantes.

— Ça ira, répéta-t-elle à voix haute.

Elle se débarrassa de ses sous-vêtements et enfila rapidement sa chemise de nuit, comme si elle craignait d'être surprise nue. Mais par qui ? Par les murs ? Par les meubles ? Par l'air qui gardait en creux le souvenir de Mike ? Olga se mit à respirer péniblement. Elle pensait que toutes ces questions qui s'entrechoquaient dans sa tête allaient la rendre folle. Il ne fallait pas qu'elle devienne folle ! Il ne fallait pas, non non non. Elle ne pouvait pas. Elle n'avait pas le droit ! Elle avait deux filles qui lui interdisaient de les oublier, de laisser son esprit divaguer, de tourner ses yeux vers ses ténèbres au lieu de les poser sur elles.

Jennie et la petite Malorie ne s'étaient pas fait prier pour se coucher dans son lit. Elles s'y étaient endormies serrées l'une contre l'autre. Olga les vit comme deux anges adorables dans leur premier sommeil. Si elle s'était souvenue des prières apprises dans son enfance, elle se serait agenouillée pour remercier le Seigneur de ces deux vies qui sauvaient la sienne. Mais les prières s'étaient enfuies de sa mémoire en même temps que l'idée d'un Sauveur qui aurait pu quelque chose pour elle. Olga ne croyait plus à rien, sinon à la beauté de ses enfants, à la douceur de leur peau, au réconfort de leur sourire.

Malgré cela, elle se glissa dans le lit avec appréhension.

Elle avait changé les draps le soir même de la mort de Mike. Non pas parce qu'ils étaient tachés après qu'ils avaient fait l'amour, mais parce que dormir dans les draps où Mike avait dormi, dormir dans les draps où il ne dormirait plus, ç'aurait été s'allonger dans son linceul, disputer sa place au cimetière. Par bonheur, les draps étaient tièdes du corps des deux fillettes. Son appréhension s'évanouit. Olga se blottit contre elles, s'étourdit de leur odeur, se laissa bercer par leur souffle. Seule, elle n'aurait pas eu le courage de se coucher là, elle aurait préféré rester sur le canapé du salon ou s'allonger sur le carrelage de la cuisine. Bien qu'elle doive se lever le lendemain matin pour aller à l'usine, elle ne voulait pas dormir, elle ne pouvait pas. Elle voulait penser à Mike, le garder en elle le plus longtemps possible, l'habiter de son amour, de ses désirs, repousser le sommeil où ne l'attendaient que cauchemars et terreurs nocturnes. Ses idées se fixèrent sur les six petits anneaux d'argent que Mike portait à l'oreille droite. Un par an depuis le soir de juillet où ils s'étaient rencontrés sur la côte normande ; où ils s'étaient aimés dans l'urgence, dans l'envie, sans attente et sans précautions. Olga était une de ces brunes aux yeux très bleus, aux joues très rouges. Sa tête semblait posée comme une balle sur son corps aux formes comparables à celles des statues de marbre ou de bronze. Un grand corps qui, souvent, l'embarrassait. Olga ne savait où mettre ses bras, ses jambes, comment se tenir avec ce torse armé d'une grosse poitrine, ce dos trop large, ces hanches trop rondes, ce bassin bâti pour avoir dix enfants. Mike lui avait avoué que, lorsqu'elle s'était déshabillée devant lui la première fois, il avait été si impressionné qu'il s'était demandé s'il parviendrait à faire quelque chose.

Mais Olga savait y faire et, très vite, il avait été en elle.

Pourquoi n'avait-elle en tête que les petits anneaux d'argent ? Pourquoi n'arrivait-elle pas à se concentrer sur le visage de Mike ? Sur ses traits, sur son corps ? Sur le souvenir des heures magiques d'avant la maison, quand ils faisaient l'amour dans son camping-car. Les boucles d'oreilles l'assiégeaient. Olga les entendait tinter l'une contre l'autre. Elle les voyait grossir ou rapetisser jusqu'à n'être que des points brillants, des étoiles mortes dans un ciel de chair. Mike n'avait plus de visage, ses traits se dissolvaient dans sa mémoire. Il n'était plus que ces anneaux ridiculement accrochés à son oreille. Quand Olga avait cinq ou six ans, son père l'emmenait au parc le dimanche pour faire des tours de manège. Sur un cheval de bois qui montait et descendait, un bâton à la main, elle devait attraper un anneau qui pendait à une potence. Elle se revoyait le bras tendu, penchée au risque de tomber pour saisir le plus de rondelles possible et gagner un tour gratuit. Devenue grande, elle avait attrapé les anneaux de Mike. Qu'avait-elle gagné ? Un tour gratuit ? Un tour de quoi ? Six ans de vie, un toit, une fille, quoi d'autre ? Combien de tours auraient-ils faits si Mike avait vécu trente ans encore ? Mike se serait-il percé trente fois la peau ? Cette idée amusa fugitivement Olga. Elle eut la vision d'un de ces hommes-orchestres, jouant de la grosse caisse, soufflant dans une trompette avec des cymbales entre les genoux. Mike avait des cymbales aux oreilles ! Mais cette euphorie fut passagère. La tristesse revint, aussi lente et douloureuse que les brodequins qui brisaient les genoux des hérétiques et des sorcières. Les six anneaux d'argent étaient des chaînes. Elle vivrait désormais captive de son deuil, recluse dans cette maison, mausolée pour Mike, prison pour elle, asservie aux dettes qui la condamnaient. Olga aurait voulu pleurer mais, pour une fois, les larmes ne vinrent pas. Elle aurait voulu crier, mais sa langue colla à son palais. Elle ferma les yeux. Les anneaux d'argent se colorèrent de rouge et de vert et fusèrent de gauche à droite, de droite à gauche jusqu'à l'effrayer. Les anneaux dansaient dans un puits d'obscurité comme des démons, des ombres découpées au pochoir, des volutes assassines.

— Six petits anneaux d'argent, bégaya-t-elle, en rouvrant les yeux pour se rassurer.

La petite Malorie se retourna et vint se nicher contre sa poitrine, la bouche entrouverte, arrondie en O, cherchant son pouce. Olga fut tentée de dégager son sein pour la faire téter comme aux premiers jours, quand elles ne faisaient qu'une. Elle se raisonna, Malorie n'était plus un nourrisson, même si sa peau gardait l'odeur du lait, si elle avait encore aux jambes et aux bras ses ravissants petits plis de bébé. Elle l'embrassa, l'aidant à trouver son doigt, murmurant :

— Dors, ma beauté.

Quelqu'un frappait à la porte.

Un fantôme ?

Olga se leva d'un bond et, attrapant son manteau, s'en couvrit d'urgence pour aller ouvrir, le cœur battant, désorientée, ne sachant plus si elle avait dormi, rêvé ou si son esprit s'égarait, lui faisant imaginer des bruits qui n'existaient que dans sa tête.

Ce n'était pas un revenant qui réclamait justice, c'était Slimane.

— J'étais sûr que je ne te réveillerais pas, dit-il avec douceur, en s'avançant dans la lumière.

— Que se passe-t-il ?

— Ils nous ont virés.

La nuit avait solidement établi son camp. La pendule allait vers minuit. Olga réchauffa un reste de café et ils s'installèrent face à face dans la cuisine. La maison lui semblait plus grande qu'elle ne l'était en réalité. Elle sonnait creux comme ce vase chinois qu'Olga tenait de sa mère et à l'intérieur duquel était glissé un dollar en argent impossible à attraper.

— Et les filles ? demanda Slimane, en tournant un sucre dans sa tasse.

— Elles dorment dans ma chambre. Elles n'en pouvaient plus...

— C'est bien, approuva Slimane. Et toi ?

— Je crois que je deviens folle.

Les paroles de Mme Guéry sur le Déluge qui les noierait tous cheminaient en elle. Et si elle avait vu juste ? Si ses visions lui venaient du Ciel ? Olga avoua qu'elle avait cru voir le rideau de la chambre se dresser devant elle comme une haute vague qui allait l'engloutir.

Olga fit un grand geste du bras pour balayer ces hallucinations puériles.

— Je sais bien que c'est des conneries, mais depuis que Mike n'est plus là, j'ai toujours l'impression d'entendre des voix, de voir apparaître des choses que les autres ne voient pas. Je sens ses yeux à travers les murs. Mon cœur bat par moments si fort qu'on croirait qu'il veut sauter en dehors de ma poitrine. Je pleure toute la journée, et même dans mon sommeil, quand j'arrive enfin à dormir un peu. Et puis soudain je ne peux plus pleurer, je m'assèche, je me craquelle, j'ai chaud, j'ai froid, je tremble. La maison me fait peur, c'est un tombeau. J'ai l'impression d'être enterrée vive. De ne plus pouvoir respirer. Et le pire de tout, je n'arrive plus à me souvenir du visage de Mike. Quand je pense à lui, je ne me souviens que des petits anneaux qu'il avait à l'oreille. Six petits anneaux…

Les paupières d'Olga étaient de bien minces barrières pour empêcher les larmes trop longtemps retenues de couler sur ses joues.

— Pardon, s'excusa-t-elle, pardon, tu vois, j'ai les yeux qui pleurent tout seuls…

Slimane posa sa main sur la sienne.

— Pleure, pleure tant que tu veux, dit-il, avec une sorte d'assurance énergique, ne t'empêche pas de pleurer…

La main de Slimane était chaude et douce. Olga répondit d'un sourire reconnaissant et s'apaisa peu à peu.

— Tu veux quelque chose ? T'as mangé ?

— Ne t'occupe pas de ça. Je n'ai pas faim. Tu travailles demain ?

— Oui. Il faut que je parte à six heures…

Son nez coulait. Olga chercha un mouchoir dans la poche de son manteau. Elle n'en avait pas. Elle prit alors le bas de sa chemise de nuit et s'en tamponna les joues, sans penser qu'elle était nue en dessous et que, s'il avait voulu, Slimane aurait pu tout voir.

— Je ne sais pas pourquoi tu es venu, murmura-t-elle en rabattant pudiquement son linge, mais c'est bien que tu sois là. Ça me fait du bien. Beaucoup de bien…

— À moi aussi, ça me fait du bien d'être avec toi.

Olga se versa une tasse de café à moitié froid.

— Tu sais à quoi je pense sans arrêt ?
— À Mike ?
— À ce que j'avais promis aux filles, avoua Olga. J'avais promis de les emmener à Étretat, à la mer, où on s'est connus avec Mike. Je voulais qu'elles voient les falaises, qu'elles se baignent à leur pied, qu'elles y jouent en plein vent. Elles n'y sont jamais allées. Moi, je n'ai été vraiment heureuse qu'à la mer. Je voudrais leur faire connaître ça.

— Vous irez l'année prochaine.

— Que Dieu t'entende ! souffla Olga en essayant de sourire.

— *Inch Allah !* répondit Slimane, souriant lui aussi.

Et, tenant toujours la main d'Olga dans la sienne, il raconta comment, accompagnés de M. Guéry et des autres, ils étaient montés s'expliquer avec l'équipe que Legnargue avait mise à leur place.

— Des types de l'Est, des durs.

Olga désigna une petite écorchure sur les lèvres de Slimane et un bleu qu'elle devinait sur sa pommette :

— Vous vous êtes battus ?

— M. Guéry a tout fait pour l'empêcher, mais c'est parti vite. Salva bouillait depuis un moment et quand un des types a voulu l'écarter d'un geste, ça a été le signal.

— Qu'est-ce qui s'est passé ?

— Salva a allongé un pain au mec qui l'avait poussé, ses copains lui ont sauté dessus, M. Guéry, Moussa, Max, Jeanjean et moi on s'y est mis aussi. Pas moyen de faire autrement. Freddy était le seul à essayer de nous séparer en gueulant qu'on ne se bat pas entre ouvriers.

Slimane hocha douloureusement la tête.

— Je ne sais pas comment ça a pu se faire, mais les flics sont arrivés presque tout de suite, comme s'ils avaient été cachés quelque part en attendant que ça pète. Ils nous ont embarqués. Nous, pas les autres. Ça me fait penser que tout ça, c'était prévu. Un coup tordu de Legnargue pour nous virer sans nous payer.

Il fit la moue.

— Ces gens sont répugnants. Ils prennent nos jours, nos nuits, empochent les bénéfices et nous laissent sans rien. Tu savais que Mike pensait organiser une grève ?

Olga ne répondit pas. Elle avait replié son bras droit et posé sa tête dessus tandis que Slimane parlait. Il répéta sa question une fois, deux fois, en vain…

— Tu dors ? demanda-t-il enfin, partagé entre une envie de rire et de l'embarras.

Olga s'était endormie.

Slimane ne savait plus quoi faire. Olga était trop grande et trop forte pour qu'il songe à la porter dans son lit pour la recoucher. Devait-il la réveiller ou partir sur la pointe des pieds ? Olga tenait toujours l'une de ses mains. Il se pencha au-dessus de la table et caressa ses cheveux le plus tendrement possible, espérant qu'elle s'éveillerait :

— Olga ? murmura-t-il.

Sans résultat.

Il essaya alors de libérer sa main mais il n'y parvint pas non plus. Il ne voulait ni la forcer ni la tromper d'un baiser. Olga le tenait prisonnier de son sommeil, de sa peur. Car c'était elle qui le tenait. Slimane y vit un signe. Un message qui ne venait pas du Ciel mais d'Olga elle-même. Un message charnel plus puissant que tous les mots, tous les serments, toutes les prières. Ce geste d'une simplicité enfantine – une main dans une autre – le bouleversa. Slimane prit alors le parti de ne rien faire, de ne pas bouger, de se taire, d'être d'une patience de pierre dans cette cuisine éclairée par un plafonnier sinistre pendu au bout d'une chaîne, de veiller sur cette femme et ses deux enfants, d'être le gardien de leur nuit.

Trois jours après l'enterrement, la sœur de Mike et son mari s'invitèrent pour boire l'apéritif. Amandine en vêtements de deuil, Max un brassard noir autour du bras. Ils se garèrent à l'entrée du terrain et remontèrent à pied jusqu'à la maison.

— Faut qu'on se parle ! cria Amandine, avec un sourire autoritaire.

Olga étendait sa lessive en compagnie de la petite Malorie qui s'amusait beaucoup à lui passer le linge encore humide.

— J'arrive ! Entrez !

Max et sa femme trouvèrent Slimane assis dans la cuisine à côté de Jennie, comme s'il avait toujours été assis là.

— Tiens, t'es là, toi ? ricana la grosse Amandine.

Slimane l'ignora.

— Salut, Max, dit-il en lui tendant la main.

Ils se saluèrent.

— Qu'est-ce que tu fous ?

— La petite a du mal avec ses maths…

Olga laissa une bassine vide devant la porte et demanda à Jennie de sortir les verres et les biscuits pour les invités.

— Tu finiras après.

Jennie repoussa son cahier. Elle se leva en soupirant et, tandis que sa mère apportait du porto et du pastis sur la table, elle disposa les verres. La petite Malorie vint agripper la jambe de sa sœur :

— Qu'est-ce que tu veux, mon bébé ?

— Un gâteau.

Jennie attrapa un biscuit apéritif en forme de poisson.

— Ouvre la bouche, ferme les yeux !

Malorie goba le gâteau en riant.

La grosse Amandine se tourna vers Max pour l'encourager à parler. Puis, comme il ronchonnait sans se décider, elle le fit elle-même :

— Nous avons à régler des affaires de famille, dit-elle à Slimane, le mieux serait que tu rentres chez toi. Tu comprends, c'est privé, personnel.

Olga intervint :

— Slimane habite ici, maintenant.

La grosse Amandine s'étrangla :

— Quoi ? Ça ne fait pas une semaine que mon frère est mort et tu t'en es déjà trouvé un autre ?

— J'ai dit qu'il habitait ici, je n'ai pas dit qu'il me baisait ! répliqua Olga, les joues rouges d'indignation.

— Tu me prends pour une conne ?

— Tout le monde n'est pas comme toi.

— Qu'est-ce que tu veux dire ?

— Rien. Oublie…

Les yeux de Max s'affolèrent. Il regarda sa femme puis Olga puis de nouveau sa femme puis de nouveau Olga.

— Qu'est-ce que c'est que cette histoire ? Elle est pas comment, ma femme ?

— Il n'y a pas d'histoire, répliqua Olga sans quitter Amandine des yeux. Il y a que je ne veux pas qu'on vienne me donner des leçons alors que je dois me démerder toute seule avec deux gosses.

Et, à regret, elle précisa :

— Si vous voulez tout savoir, je lui loue une chambre. Il faut un homme, ici, c'est trop isolé. En plus, il aide bien Jennie pour ses devoirs…

— Tu aurais pu attendre, bredouilla Max, comme si les mots avaient rouillé dans sa gorge.

— Attendre quoi ?

Slimane se leva, serein, compréhensif.

— Je vous laisse, dit-il avec le sourire. Vous avez des choses à régler, je comprends. Vous n'avez pas besoin de moi. Je vais aller au Suma, j'ai des courses à faire.

— Tu m'emmènes ? demanda la petite Malorie.

— Si tu veux, ma gazelle.

Et, à Jennie :

— Tu viens aussi ?

— Faut que je finisse mes devoirs, répondit-elle en haussant les épaules.

— Tu vas y arriver ?

— Si je me trompe, tu corrigeras, dit Jennie, les yeux confiants.

Slimane lui ébouriffa les cheveux, bien sûr qu'il l'aiderait. Il se tourna vers Olga :

— Ça ne t'embête pas que j'emmène la petite ?

— Elle va te faire tourner en bourrique.

Slimane, auréolé d'une sorte de splendeur exotique, sourit de toutes ses dents.

— Le bourricot, c'est moi... lança-t-il avec un clin d'œil à Malorie qui grimpa aussitôt sur son dos.

Ils attendirent que Slimane et la petite soient partis pour parler.

— Je ne suis pas sûr que ce soit bien légal de sous-louer à Slimane, commença Max, avec une drôle de grimace.

— Je ne sous-loue pas, répliqua Olga, je loue, c'est pas la même chose. Et, de toute façon, c'est de la main à la main et ça ne regarde personne.

— Oui, mais quand même…

— Arrête avec ça, grogna la grosse Amandine pour faire taire son mari. C'est pas la question…

— C'est quoi la question ? demanda Olga avec une pointe d'exaspération.

La grosse Amandine s'éclaircit la gorge.

— Voilà, commença-t-elle, mais les mots lui manquèrent.

Elle se reprit, prenant soin de bien articuler :

— Voilà, cette maison, c'est la maison de mon frère…

Elle marqua un temps pour s'assurer qu'Olga écoutait attentivement.

— Alors on va la mettre en vente… Le temps de faire les papiers à la banque, de mettre les annonces dans les agences, de faire les visites, tout ça, tu pourras te retourner, déposer une demande de relogement à la mairie ou trouver un petit truc plus près de ton boulot…

— On a bien réfléchi, ajouta Max, soudain très déterminé. C'est vrai, on pourrait te la louer, te demander un loyer, mais ce serait des emmerdes à n'en plus finir. Mieux vaut qu'on s'en débarrasse tout de suite, on peut pas dire que cette baraque nous ait porté chance.

La grosse Amandine ajouta :

— C'est vrai, Jeanjean ne va pas vivre avec nous jusqu'à cent sept ans, faut qu'on l'installe quelque part.

— Surtout qu'aujourd'hui, question boulot, c'est plutôt le désert.

— Je connais un notaire qui mettra tout ça en musique, conclut Amandine. Lundi, ça ira, pour toi ?

Jennie observait sa mère. Olga ne réagissait pas, calme, sérieuse, comme si elle regardait quelque chose à la télé ou au théâtre. Elle ne montrait ni émotion ni colère devant les deux autres qui la fixaient, attendant sa réponse. Son visage demeurait impassible, presque transparent, lumineux devant leur vérité sordide. Un avion passa au-dessus de la maison, emplissant un instant le silence de son grondement sourd, puis le silence reprit ses droits, figeant les regards, raidissant les dos, bloquant les bras posés sur la table comme ceux d'élèves trop sages d'une classe invisible. Il y eut comme une crispation dans l'espace, une raréfaction de l'air qui fit tousser Jennie et, soudain, d'une voix très ferme mais sans emportement, Olga dit :

— Foutez le camp. Foutez le camp d'ici et ne revenez jamais. Vous n'avez aucun droit. Mike avait pris une assurance. Une assurance sur la tête de sa fille. Cette maison revient à Malorie, la fille de Mike et la mienne. Et jusqu'à ce qu'elle ait dix-huit ans, c'est moi qui m'en occupe.

Olga se leva en bousculant brutalement sa chaise. Elle ouvrit le tiroir de la table et en sortit le plus grand des couteaux de cuisine.

— Si vous ne foutez pas le camp, cria-t-elle, remontant une mèche qui lui tombait sur les yeux, je vous plante ! Bande de salauds ! Pourris ! Pas foutus de donner un centime pour l'enterrement, mais, comme des hyènes, vous sortez les crocs pour prendre le peu qui reste de Mike ! Ordures ! Pourris ! Pauvres merdes ! Salauds !

Olga arma son bras.

La grosse Amandine vit sa dernière heure venue. Ses yeux s'éclaircirent, sa bouche s'entrouvrit. Elle s'écarta brusquement de la table. Si brusquement qu'elle bascula en arrière et s'étala sur le carrelage de la cuisine les quatre fers en l'air. Max se précipita vers elle. Olga fondit sur eux. Sa voix n'avait plus de mots, que des cris.

— Vous foutez le camp ou il faut que je vous aide ?

La grosse Amandine s'était fait mal, elle avait déchiré son collant. Elle larmoyait qu'elle s'était brisé le dos, bousillé la cheville.

— Appelle la police ! ordonna-t-elle à Max. Elle a voulu me saigner ! Appelle les flics tout de suite !

Mais Max ne pensait qu'à fuir.

— Viens, maman, viens, on s'en va.

Il aida sa femme à se relever et ils sortirent pressés par Olga qui, avec une hâte implacable, les piquait à la pointe du couteau. Elle boitant, lui livide, agonis d'injures et de menaces. La voix d'Olga tonnait :

— Ne revenez jamais ! Ne revenez jamais ! Jamais.

Quand ils furent hors de portée d'Olga, en remontant dans leur voiture, la grosse Amandine et Max répliquèrent. Ils n'avaient à la bouche que des propos orduriers, des accusations, des malédictions. Mais ni Olga ni Jennie ne les entendirent, elles avaient fermé la porte.

Et elles riaient.

Un rire hystérique. Un rire de désolation, de désespoir. Un de ces rires censés défendre des catastrophes mais qui ne font qu'aviver les douleurs.

La décision d'Olga fut prise dès l'instant où cessa leur rire.

— Viens m'aider ! lança Olga à sa fille lorsqu'elles reprirent leur souffle.

Jennie suivit sa mère sans discuter jusqu'à la chambre du rez-de-chaussée. Olga, au comble de l'excitation, ouvrit la grande armoire et commença à jeter en vrac toutes les affaires de Mike sur le lit.

— Tu vas tout foutre dehors, ordonna-t-elle à Jennie.

Elle haletait.

— Tu ne veux rien garder ? demanda Jennie.

Olga s'interrompit un instant.

— Ce que je garde, je le garde dans mon cœur ! Eux, ils n'auront rien, jamais, pas un mouchoir, pas une paire de lacets…

— Et la baraque ?

— Fais-moi confiance, ces deux porcs ne sont pas prêts de remettre les pieds ici. Et, s'ils s'avisaient de le faire, je vais prendre mes précautions…

— Quelles précautions ?

— Mike piquait de l'essence. J'en ai trois jerricans, et si ces pourris reviennent, je saurai quoi faire.

Olga pointa les costumes sous leurs housses.
— Commence par sortir ça !
Jennie les attrapa à pleins bras.
— Je les mets où ?
— Fais un gros tas sur la moto !
— Dehors ?
— Fais ce que je te dis !

Le brasier était énorme. Son volume était tel qu'il semblait ne devoir jamais s'éteindre.

Tout ce qui avait appartenu à Mike avait été empilé et arrosé d'alcool à brûler et d'essence. Non seulement tous ses vêtements, mais aussi ses livres, ses bandes dessinées, ses photos, ses magazines cochons, ses papiers, tout ce qu'il avait touché, son téléphone mobile, ses CD, ses vidéos, ses vieux disques, Peter, Paul and Mary, ses affaires de toilette, ses outils, ses draps, une ménagère qui venait de sa mère, une collection de chopes de bière érotiques et les trois coupes qu'il avait gagnées.

— Tout ! avait décrété Olga, vibrante de détermination.

Et tout y était passé, avec rage, avec minutie, dans le souci de ne rien oublier, de ne rien laisser de côté.

— Même ça ? avait demandé Jennie, découvrant la robe rouge d'Olga. C'est à toi, c'était pas à lui…

— Si, c'était à lui.

Jennie et Olga se firent face. Sans comprendre, Jennie devina que cette robe scellait un pacte entre Mike et sa mère. Un serment dont elle venait d'être déliée.

— Pourquoi vous ne vous êtes pas mariés ? demanda Jennie, plissant le front.

— On attendait que ça fasse sept ans, répondit Olga en se détournant pour ne pas voir sa robe rouge s'embraser.

— Pourquoi attendre ?

La bouche d'Olga se tordit, les mots lui tombèrent des lèvres comme arrachés de force :

— Parce que après sept ans, on était sûrs de tenir.

Les flammes s'élevaient à plusieurs mètres de haut, dansaient, volaient, visibles du ciel comme de la nationale. Malgré la chaleur qui se dégageait, la fumée qui se rabattait sur elles, la sueur qui coulait dans leur dos et sur leurs joues, Olga et Jennie ne parvenaient pas à s'éloigner du feu, fascinées par le spectacle. Il y avait des villes dans les flammes, des visages connus et inconnus, des corps, ceux d'animaux légendaires, de monstres incandescents, celui de Mike, aussi. Jennie pensait : *Il le fallait. Le cimetière ne suffisait pas, il fallait le brûler une seconde fois*, mais elle n'osa le formuler à voix haute.

— Maintenant qu'il est mort, tu peux me dire qui est mon père, il ne risque plus d'être jaloux, affirma-t-elle en évitant de regarder sa mère et de prononcer le nom de Mike.

Olga chercha refuge parmi les ombres mouvantes :

— Quand tu seras majeure, grommela-t-elle. Après, tu pourras faire ce que tu veux de ce que je t'aurai dit.

— Pourquoi pas avant ?

Olga posa sa main sur son front, comme si le poids du secret risquait de séparer sa tête de son corps.

— À quoi ça te servirait ? demanda-t-elle dans un souffle.

La réponse de Jennie claqua comme une gifle :

— À être heureuse.

— Tu as tout ce qu'il faut pour être heureuse, soupira Olga.

Puis elle haussa la voix d'un coup :

— Tout ! répéta-t-elle. Qu'est-ce que tu veux de plus ? Attends d'être majeure. Et arrête de me bassiner avec ça !

Jennie n'était pas prête à renoncer à si bon compte.

— Je veux le nom de mon père. J'ai le droit de savoir. Tout de suite, maintenant.

— Arrête avec ça, tu m'emmerdes !

— J'ai le droit de savoir.

— Tu n'as aucun droit. Je ne te dirai rien.

— Pourquoi ? Tu ne sais pas qui c'est ? Ils étaient plusieurs ?

— Si, je sais très bien…

Olga se mordit les lèvres. Elle avait parlé trop vite.

— On ne dit pas des choses pareilles à sa mère ! cria-t-elle d'une voix sifflante. Pour qui tu me prends ? Tu me prends pour une pute ? Tu crois que je vais…

Jennie la poignarda :

— Je t'ai vue avec l'autre. J'ai vu ce qu'il te faisait.

Et, sans la quitter des yeux :

— Pour toi, c'est moins dur de faire ça que de me dire le nom de mon père ?

— Tais-toi ! Tais-toi !

— Dis-moi son nom !

Olga recula d'un pas, les mains levées, implorant la pitié, puis plaquées contre ses oreilles pour ne pas entendre un mot de plus.

— Tais-toi, bredouilla-t-elle, tremblante.

Et soudain elle s'enfuit sans se retourner.

— Je ne peux pas ! Non, je ne peux pas !

L'an 2000 était derrière eux.

Trois ans après la mort de Mike, la fin du monde n'était plus d'actualité. Les manœuvres de la grosse Amandine et de son mari pour les chasser de la maison avaient échoué. L'équipe de M. Guéry s'était disloquée. Chacun travaillait de son côté. Désormais, c'était très rare que Salva, Freddy, Slimane ou Moussa se croisent et plus rare encore qu'ils mangent ensemble ou s'invitent les uns les autres. Paul et Ghislaine Guéry avaient divorcé après vingt ans de mariage. Lui était parti en Afrique avec la sœur d'un des Maliens qui travaillaient sur les chantiers ; sa femme avait gardé le salon de coiffure et s'était tournée vers une secte évangélique. Jeanjean vivait toujours chez ses parents et secondait son père pour la maintenance d'un ensemble de HLM. À vingt et un ans, gras comme un évêque, il était toujours puceau.

Après l'enterrement de Mike, pour ne pas laisser Olga seule, Slimane était revenu puis il était resté, d'abord dans une chambre à l'étage, comme locataire, puis dans la chambre d'Olga, au rez-de-chaussée. Un an plus tard, Olga accouchait d'un garçon prénommé Hakim et deux ans après d'une fille, Saïda, qui pesait trois kilos cinq cents à la naissance.

Pour son premier Noël, Saïda reçut des livres qui pouvaient flotter dans le bain. Hakim eut droit à un jeu de construction, un camion-benne sur lequel il pouvait s'asseoir et un déguisement de pirate. Malorie avait eu sept ans en octobre. Elle fut la plus gâtée parce que, en plus de ce que lui offrirent Olga et Slimane, Jennie ajouta une magnifique robe ornée de tulle et de dentelle. Une vraie robe de princesse qu'elle avait achetée en économisant pendant des mois sur ce qu'elle pouvait gratter en faisant des courses pour sa mère, pour Slimane ou pour une vieille qui l'embauchait parfois. Jennie avait seize ans, l'école n'était pas vraiment son fort mais elle s'accrochait, rêvant de devenir éducatrice de jeunes enfants. Tous les mercredis, elle travaillait dans un centre aéré et, à toutes les vacances, elle partait en colonie comme monitrice. Dès qu'elle aurait l'âge et l'argent, elle passerait son Bafa et ferait un stage de secouriste, ce qui lui servirait pour son futur métier.

Olga ne travaillait plus sur la chaîne de montage des stylos de luxe. L'usine avait fermé, elle avait été licenciée. La famille devait se débrouiller avec le salaire de Slimane, les allocations familiales et le RMI d'Olga qui, dès qu'elle en avait la possibilité, faisait des ménages et du repassage pour rembourser la dette qu'elle avait toujours à la banque pour la moto de Mike.

La vie n'était pas facile, mais plus tranquille qu'avec Mike.

Slimane était un homme réservé, pondéré, toujours très attentif et travailleur infatigable. Seulement une fois de temps en temps, il craquait et prenait une cuite avec d'autres sur un chantier. Dans ces cas-là, il ne rentrait pas à la maison et Olga ne le revoyait que quelques jours plus tard, parfaitement sobre, rasé, lavé. Personne ne lui posait de questions et il reprenait sa place au milieu d'eux comme s'il ne s'était jamais rien passé.

Pour ses seize ans, Jennie reçut une Mobylette de la Poste achetée aux domaines. Le matin, elle déposait Malorie à l'école de la rue Paul-Vaillant-Couturier et filait au lycée Anne-Frank où elle était en seconde. Le soir, elle reprenait sa sœur et elles rentraient ensemble en riant, en faisant les zouaves. Jennie prétendait rouler « plus vite que son ombre » mais Malorie n'arrivait pas à la croire.

— C'est pas possible !
— Si, c'est possible. Un jour je t'apprendrai…
— À aller plus vite que mon ombre ?
— Oui. Comme ça, personne ne pourra jamais t'attraper.
— Personne ne veut m'attraper !
— Si, les autres.
— Quels autres ?
— T'es encore trop petite pour le savoir.

Quand les filles étaient rentrées, Olga en profitait pour filer au dispensaire, chez le dentiste ou traîner dans la galerie commerçante, n'importe où pourvu que ça l'éloigne du terrain et de cette maison toujours en chantier qui lui sortait par les yeux.

Mais elle n'avait pas le choix…

Jennie la remplaçait auprès des petits. Elle avait « charge d'âmes », comme disait sa mère. Olga ne s'inquiétait pas, son aînée était à la hauteur.

Ensemble, les quatre enfants d'Olga étaient heureux, même s'ils n'étaient jamais allés à Étretat, faute d'argent.

Jennie recommençait avec Saïda ce qu'elle avait si bien fait avec Malorie, plus « petite maman » que jamais. Avec Hakim ç'avait été encore plus facile. C'était un bon gros pépère, toujours content de vivre, dégourdi comme un singe et gourmand de tout ce qui pouvait lui tomber sous la dent. La princesse Malorie la faisait souvent tourner en bourrique par ses caprices, ses colères, ses bouderies, mais Jennie l'aimait sans que rien puisse entamer cet amour.

— Tu nous emmènes à la fête ? demanda Malorie d'une voix charmeuse.

— Comment tu veux que je vous emmène ?

— Plus vite que ton ombre…

Une petite fête foraine s'était installée à cinq kilomètres du terrain, à Gorges, sur le parking de la mairie. Ç'aurait été bête de ne pas en profiter, surtout qu'Olga et Slimane rentraient tard. Ils arrosaient ensemble la fin d'un chantier qui durait depuis plus d'un an.

Jennie n'eut pas beaucoup à se faire prier.

Elle embrassa les mains potelées de Saïda, ses grands pieds et la fit rire en lui soufflant sur le nombril et sur les petits boutons roses de ses seins. Saïda gazouillait et s'étirait dans tous les sens tandis que Jennie essayait de l'enduire de pommade contre les rougeurs :

— Tiens-la ! ordonna-t-elle à Malorie, tandis qu'elle glissait une couche propre sous ses fesses.

Malorie bloqua les bras du bébé pour la tenir. Saïda se mit à vagir et Malorie la lâcha aussitôt :

— Elle veut pas !

Jennie écarta sa sœur de la table, soupirant :

— Va t'occuper d'Hakim. Je n'ai que deux mains !

— Qu'est-ce que tu veux qu'on fasse ?

— Allez faire pipi et mets-lui son blouson et un bonnet !

— Et s'il n'a pas envie ?

Jennie se pencha vers sa sœur avec gravité :

— Un de ces quatre, tu vas voir tes fesses !

— Mes fesses, elles te pètent un ours, répondit Malorie, le regard provocant.

Elle tourna le dos à Jennie, lâcha un grand « prout ! », se donna elle-même une claque sur le derrière et se sauva en riant.

Slimane avait une remorque qui lui servait à transporter l'herbe à la déchetterie, quand ça lui prenait de jardiner. Avec l'aide de Malorie, Jennie l'arrima au porte-bagages de sa Mobylette à l'aide de cordelettes en plastique qu'elle noua le plus fort possible. Elles plièrent en quatre une grande couverture pour en tapisser le fond et prirent les coussins du canapé pour garnir les bords. Malorie s'installa dans la remorque avec Hakim et la petite Saïda, Jennie enfourcha sa Mobylette et, après un laborieux départ, les voilà sur la route !

Cinq kilomètres plus loin, ils étaient à pied d'œuvre.

Musique à tue-tête, guirlandes lumineuses, annonces commerciales, stands, manèges, Jennie proclama cependant que le meilleur, dans la fête, c'était l'odeur.

— Respirez ! Respirez ! lança-t-elle à Malorie et Hakim pour les encourager à faire comme elle.

À s'emplir les poumons des effluves sucrés des marchands de gaufres et de guimauve, des senteurs de la barbe à papa et du caramel fondant, de l'électricité qui vous chatouillait les narines quand on s'approchait des autotamponneuses...

— Et en plus, c'est gratuit !

Avec l'argent qu'elle avait sur elle, Jennie offrit à Hakim deux tours de manège et une barbe à papa pour le décider à descendre de la fusée rouge où il aurait bien passé le restant de son existence. Elle paya aussi deux tours d'autotamponneuses à Malorie qui piaffait d'impatience et réclamait sans relâche le droit d'en profiter. Comme il n'y avait pas grand monde et que la caissière était touchée de les voir tous les quatre si mignons, elle ajouta deux jetons supplémentaires.

— Tiens, ma cocotte, amusez-vous ! dit-elle, en adressant un clin d'œil à Jennie.

— Merci… c'est, merci, madame… bégaya Jennie.

Tandis que Malorie, sans attendre, embarquait dans la première autotamponneuse garée sous la caisse.

Bing ! Bang ! Bing ! Bang !

Malgré ses sept ans, Malorie ne se laissait pas faire, au contraire ! Assise légèrement en travers, la jambe droite tendue pour appuyer à fond sur l'accélérateur, elle allait au-devant des chocs. Elle cherchait le contact. Elle fonçait droit sur ceux qui la prenaient en chasse. Elle jurait comme un garçon, balançait la tête à droite, à gauche, poussait des rugissements de triomphe quand elle arrivait à en coincer un dans un angle de la piste et à repartir en marche arrière afin de le coincer de nouveau dès qu'il arrivait à se dégager.

Au troisième tour, Jennie s'enhardit.

— Vous ne me garderiez pas les petits pendant que je fais un tour avec ma sœur ? demanda-t-elle à la caissière.

La grosse femme ne demandait pas mieux.

— Comment s'appellent ces petits trésors ?
— C'est Saïda et lui, c'est Hakim…
— Un bonbon, madame ?

Jennie embarqua dans une voiture rose et vert mais, à peine s'était-elle lancée à la poursuite de Malorie qu'à la faveur d'un ralentissement un garçon grimpa à côté d'elle. Genre beau gosse aux yeux clairs avec du gel dans les cheveux et aux mains, pour frimer, une paire de gants de pilote automobile.

— Ça t'embête pas que je m'invite ? dit-il avec un accent traînant.

— Dégage, j'ai pas besoin de toi !

Jennie essaya de le pousser hors de la voiture, mais en vain.

— C'est quoi ton petit nom ?

— Fous le camp et fais pas chier !

Le garçon se mit à rire.

— C'est joli Fais-pas-chier ! Moi, c'est Mikaël. Mais pour mes potes, c'est Mike.

Jennie lâcha la pédale d'accélérateur, stupéfaite.

— Mike ?

— C'est classe, non ?

La voiture fila droit et heurta de front la bordure :

— Jamais entendu un nom aussi con !

Jennie descendit sans demander son reste ni attendre la fin du tour.

C'était la panique.

Mike ! Mike ! Ça ne finirait donc jamais ?

Elle reprit d'urgence les petits à la caissière et ordonna à Malorie de la suivre tout de suite, maintenant :

— Rapplique, faut rentrer avant qu'il fasse nuit !

— On peut rester encore un peu… plaida sa sœur en ronchonnant.

Jennie n'était pas d'humeur à discuter. Elle avait reçu un véritable coup de marteau sur la tête. Ils devaient partir. Partir le plus vite possible. Ni sa sœur ni les petits ne le savaient, mais c'était une question de vie ou de mort.

Jennie menaça Malorie :

— Si tu veux rester, reste, mais je te préviens, ne viens pas pleurer si c'est les gendarmes qui te ramènent !

— Qu'est-ce que t'as ?

— Tu lèves ton cul ou il faut que je vienne t'aider ?

Un petit attroupement s'était formé devant une loterie juste à la sortie de la fête. Jennie s'arrêta net. Il lui restait un euro au fond de sa poche. Elle devait le dépenser, sinon ça porterait malheur. Olga répétait toujours : « L'avarice porte malheur, quand on a de l'argent, faut pas le garder. À quoi ça sert d'être le plus riche du cimetière ? » Jennie mit la pièce dans la main d'Hakim comme s'il devait accomplir un rite qui les protégerait.

— Donne-la vite au monsieur, dit-elle, en désignant le forain qui attendait pour faire tourner la roue.

— Que des gagnants ! Ici, que des gagnants !

La pièce changea de main en échange d'un petit rouleau de papier rose marqué d'un chiffre et la roue tourna :

— Des gagnants ! Encore des gagnants ! Toujours des gagnants !

La flèche s'arrêta sur le numéro 26.

— C'est nous ! cria Jennie, trépignant de joie.

Ils avaient gagné le gros lot. Une peluche à choisir parmi les plus grosses sur le stand.

— Tu veux laquelle ? demanda Jennie.

— Le toutou ! répondit Hakim en pointant du doigt un chien jaune presque aussi grand que lui.

— T'es sûr que tu ne préfères pas le petit Mickey ? demanda le forain.

— Il vous dit qu'il veut le chien, assura Jennie, prête à aller l'attraper elle-même.

Le forain, le sourire un peu contraint, tendit la peluche à Hakim.

— Et voilà un beau toutou pour le jeune homme ! Encore un gagnant ! Ici, que des gagnants !

Jennie était sûre que, s'il n'y avait eu personne autour d'eux, jamais il n'aurait lâché un lot aussi gros.

Jennie fonçait droit devant elle, pédalant à toute allure dès que sa Mobylette montrait des signes de faiblesse dans les faux plats. C'était le moment ou jamais d'aller plus vite que son ombre ! Surtout, elle ne devait pas se retourner, sinon le passé la rattraperait et la transformerait en statue de sel comme elle l'avait vu dans un film, au collège. Courir, filer, se précipiter, elle voulait se réciter tous les verbes de la vitesse pour soutenir ses efforts. Les répéter autant de fois que nécessaire, les psalmodier, les crier aux arbres qui bordaient la route, encadrée de champs. À l'arrière, dans la remorque, Saïda s'était endormie sur Malorie et Hakim sur son gros chien jaune. Malorie ne décolérait pas d'avoir dû quitter si vite la fête foraine et de ne pas avoir choisi et emporté elle-même le gros lot. Elle ruminait de tout rapporter à sa mère, balancée entre le plaisir de la vengeance et la crainte d'être punie autant que Jennie. En tout cas, elle se jurait de laisser sa sœur se débrouiller pour détacher la remorque et changer les petits. Ça ne sentait pas la rose. Jennie serait dans la merde avec l'un ou l'autre, peut-être même les deux, et c'était bien fait pour elle !

Le rugissement d'un moteur fit tourner la tête à Jennie.

Le beau gosse des autotampons, tignasse au vent, chevauchait une 125. Il roula à sa hauteur.

— Tu vas où, comme ça ?
— Je t'ai déjà dit de foutre le camp ! répondit Jennie d'un ton hargneux. J'ai pas besoin de toi. Du balai ! Oust !

Mikaël, dit Mike, ne prêta pas attention aux imprécations de Jennie. Il désigna la remorque d'un coup de tête.

— Ils sont à toi ou tu les gardes ?
— Qu'est-ce que tu crois ?
— Tu les as gagnés à la loterie ? ricana-t-il.
— Ah, t'es vraiment con, tu ne fais pas semblant. C'est mes sœurs et mon frère, concéda Jennie, espérant lui faire lâcher prise.
— J'aime mieux ça ! s'esclaffa le beau gosse. J'aurais eu les boules que ce soient tes mômes !

Jennie leva les yeux au ciel.

— Pauvre tache !

Et, très sérieuse :

— Barre-toi, maintenant. Faut que je m'occupe d'eux, j'ai pas le temps de m'occuper de toi !
— T'inquiète, je suis cool.

Ils roulèrent de front jusqu'à la maison.

Jennie aurait voulu le semer mais elle n'avait pas une chance avec sa vieille Mobylette contre sa moto.

Elle s'imagina l'égarer sur une route qui n'était pas la bonne, bifurquer au dernier moment vers la gauche dans la descente qui menait jusqu'à la station d'épuration, mais la pente était si raide qu'elle craignait de verser dans le fossé avec la remorque pleine de bébés. Finalement elle resta sagement sur la départementale puis sur la vicinale et enfin dans le chemin goudronné qui, par-derrière, menait jusqu'à la maison.

— C'est là, chez toi ? demanda Mikaël lorsqu'ils mirent pied à terre.

— Oui, c'est chez moi. Et alors ?

Mikaël montra la grande route à l'autre bout du terrain :

— On passe souvent avec la dépanneuse de mon vieux. Il connaissait le type qui y créchait avant, un motard qu'est mort en faisant l'acrobate. Ils en ont même parlé dans le journal...

— C'était le copain de ma mère.

— Oh, pardon !

— T'occupe, j'en ai rien à foutre.

Jennie ne voulait pas parler de Mike. Elle ne voulait plus en entendre parler. Plus jamais.

— Puisque tu joues l'incruste, dit-elle au garçon d'une voix dure, aide-moi à détacher la remorque. Mes parents vont rentrer. Vaut mieux pas qu'ils se doutent que j'ai fait une virée et encore moins qu'ils te trouvent là.

Malorie tendit à Jennie la petite Saïda qui braillait.

— Prends-la, elle pue, ronchonna-t-elle avec une grimace dégoûtée.

Elle sortit de la remorque et s'éloigna en hâte.

— Lui aussi il a fait caca, ajouta-t-elle, désignant Hakim en se pinçant le nez.

— Tu pourrais me donner un coup de main pour les changer !

— Je vais prendre un bain et me mettre en pyjama, répondit Malorie avec une voix de petite fille bien sage qui fait toujours tout ce qu'on lui demande. Tu me fais quoi à manger ? Je veux des pâtes avec du râpé et du ketchup.

Jennie se découragea :

— Un jour, elle va y avoir droit…

Finalement, Mikaël ne tombait pas si mal.

— Toi, occupe-toi des gosses, dit-il à Jennie, je me charge de la remorque et après tu pourras me remercier !

Il avait les yeux moqueurs et une mèche rebelle qui lui barrait le front.

— Je te remercie maintenant, répliqua Jennie, le tenant à distance. Parce que après j'aurai autre chose à faire…

Mikaël sourit et lui envoya un baiser tandis qu'elle emportait Hakim et Saïda, un sous chaque bras, gigotant et pleurant d'avoir été réveillés.

Une demi-heure plus tard, quand Jennie sortit de la maison pour mettre à sécher la grenouillère de Saïda et le petit pantalon d'Hakim, Mikaël était toujours là, appuyé contre la selle de sa moto. Il avait renoncé à dénouer les cordelettes en Nylon qui tenaient la remorque au porte-bagages de la Mobylette. Les nœuds étaient trop serrés.

— J'ai essayé, j'y arrive pas.
La nuit tombait.
— Tu ne rentres jamais chez toi ? demanda Jennie, d'un ton faussement détaché.
— Je suis majeur, je fais ce que je veux...
— T'as de la chance, soupira Jennie.
— T'as quel âge ?
Jennie s'essuya les mains sur le tablier qu'elle portait et l'ôta pour ne pas avoir l'air d'une bonniche.
— Seize, mais je fais plus.
Elle s'approcha du garçon, le front soucieux.
— T'en fais une tête, dit Mikaël, écrasant une cigarette sous son pied. Qu'est-ce que t'as ?
Jennie se débarrassa du tablier sur un buisson d'épineux que Slimane n'avait toujours pas coupé :
— J'ai baffé ma sœur à cause de toi.
— Qu'est-ce que j'ai encore fait ?
Elle haussa les épaules :
— Elle me rend chèvre. Elle avait piqué le chien en peluche que mon petit frère a gagné à la fête et voulait dormir avec. Moi, je ne voulais pas. Elle m'a menacée de raconter à notre mère que je t'avais amené ici. Je ne sais pas quelle colère m'a prise, mais je lui en ai mis une.
— Elle te cherchait.
— Eh bien, elle m'a trouvée ! répliqua Jennie, encore tremblante d'indignation. Dénoncer les gens, c'est... Dénoncer... il n'y a rien de pire que de dénoncer !
Puis, soudain lourde de tristesse :
— Pourquoi j'ai fait ça ? Elle est petite...

Mikaël posa sa main sur son épaule et, délicatement, la força à relever le menton :

— T'inquiète, elle n'en mourra pas. Et puis, elle est pas si petite que ça !

Ils se dévisagèrent.

— Tu me plais, dit Mikaël, t'as une jolie bouche.

Jennie remarqua qu'il les portait toujours, ses gants en peau.

— Enlève ça quand tu me parles, grogna-t-elle.

Mikaël fanfaronna :

— C'est pour la moto. Ils sont super, non ?

— Je ne suis pas une moto, alors enlève-les ou je rentre.

— T'es chiante, grogna-t-il en ôtant ses gants qu'il posa sur le réservoir de sa 125.

— Je ne suis pas chiante. Je me demande ce que tu as à cacher pour garder tes gants quand tu me parles. T'as de l'eczéma ?

— T'es conne ! Tu sais combien ça vaut, des gants comme ça ?

La nuit souffla sur eux. Un coup de vent fit vibrer une tôle posée contre le mur. Mikaël remonta sa mèche d'un geste précipité, et lissa ses cheveux.

— Tu te mets quoi dessus ? demanda Jennie, avec un léger accent ironique.

— Du gel, répondit-il gravement.

— Pourquoi pas du beurre ?

La pique ne fâcha pas le beau gosse. Au contraire, elle le détendit, lui rendit son assurance, son bagout. Il sourit, se déhancha, cherchant à imiter la posture d'un acteur américain.

— Tu me trouves comment ? Sexy, classe, bandant ?

— Mes parents vont rentrer, récita Jennie, sans conviction, comme une rengaine de piano mécanique ou comme le coucou qui sonne tous les quarts d'heure à la pendule.

Elle inclina la tête et attendit qu'il s'approche d'elle, qu'il la prenne dans ses bras, qu'il pose ses lèvres sur les siennes. Mais le beau gosse paraissait incapable de faire quoi que ce soit. Il restait sur ses gardes, regardait Jennie par en dessous, mal à l'aise. Sa main tapotait nerveusement le cuir de sa selle. Il avait pris l'air sérieux d'un homme sommé de prendre une décision qui engagerait sa vie ou ses biens. Un masque de plomb teinté de crépuscule. Jennie le fixa d'un œil mécontent. *Tous pareils*, pensait-elle, *toujours prêts à partir en guerre en paroles et incapables d'agir quand il faut.*

— Viens, souffla-t-elle, en lui tendant la main.

Jennie ne lui laissa pas le temps de réfléchir. Elle entraîna Mikaël derrière la maison, dans un recoin, à l'angle de l'appentis où les outils étaient rangés.

— Embrasse-moi, murmura-t-elle, en le regardant droit dans les yeux.

Tout cela allait trop vite. Mikaël bafouilla :

— Dis donc, tu…

Il ne put terminer sa phrase, ni s'étonner, ni protester, les lèvres de Jennie se collèrent aux siennes et sa langue fouilla sa bouche. Jennie passa ses bras autour de son cou et se colla à lui. Elle échappait à la pesanteur. Elle décollait, elle volait. Elle traversait tous les ciels, tous les mondes, tous les jours, toutes les nuits depuis sa naissance. On prétend que les chats ont sept vies. Jennie naissait pour la seconde fois, effaçait la première d'un baiser qui devait durer plus longtemps que durerait l'univers. Jennie laissa Mikaël dégrafer son soutien-gorge, caresser ses seins sous le pull, mais quand la main du garçon glissa sur son ventre et entre ses jambes, elle le repoussa d'une bourrade :

— Arrête.

— T'es dingue ! s'emporta Mikaël. Tu m'allumes et…

— Pas maintenant, répliqua-t-elle d'un ton sans réplique. Demain, mais pas ici.

Mikaël geignit :

— T'es dure. Pourquoi attendre demain ? On était bien partis…

— Ici ça craint. Je veux que ce soit bien.

— Sois sympa, j'ai envie !

— Tu bandes ? demanda Jennie avec une franchise qui le fit rougir.

Mikaël resta muet, les mains ouvertes, comme l'enfant qui veut prouver son innocence. Jennie était calme, libérée de tout sentiment d'urgence, prête à échafauder un plan.

— T'habites où ?

— Mon père est le propriétaire du garage à Gorges, répondit Mikaël, le souffle court. On vit au-dessus.

— On se retrouve là-bas ?

Mikaël secoua la tête : non. Non, ils ne pouvaient pas aller chez lui, le garage, la pompe, les clients, sa mère, ses sœurs…

— Je préfère t'attendre derrière l'église, proposa-t-il très vite. Je t'emmènerai dans un coin tranquille. Une cabane près d'un chantier abandonné.

Jennie accompagna Mikaël jusqu'à la nationale. Le beau gosse quitta le terrain chargé de promesses et de baisers. Il salua Jennie d'un wheeling acrobatique et disparut dans la nuit.

La plupart des filles n'aiment pas marcher dans le noir. Le noir leur fait peur. Elles s'imaginent toujours qu'un pervers va surgir de n'importe où pour montrer sa bite ou pire, pour les fourrer de force. Comme sa mère, Jennie n'avait pas peur du noir. Elle marchait vers la maison en pensant que, si un homme se dressait devant elle, elle ne s'enfuirait pas. S'il ne faisait pas deux mètres de haut et plus de cent kilos, elle se battrait. Jennie avait déjà fait le coup de poing contre des garçons au collège. Elle ne les craignait pas. Eux la craignaient, non parce qu'elle était forte et vive mais parce que, d'un regard, elle semblait démasquer au fond d'eux le chiard qu'on torche et qu'il faut moucher.

Comme chaque fois qu'elle passait à proximité, Jennie fit halte un instant à l'endroit où, avec sa mère, elle avait jeté au feu les affaires de Mike. Personne ne pouvait soupçonner ce qui s'était passé là. Des herbes folles poussaient sur les restes du brasier, même une grande rose trémière, venue d'on ne sait où.

La nature reprenait le dessus.

Jennie tâta le sol du pied en évitant une touffe d'orties géantes qui lui arrivait à mi-cuisses. Elle trouva ce qu'elle cherchait. Une plaque dure d'acier tordu qui s'était incrustée dans la terre, les vestiges de la moto mêlés à du plastique et à de la céramique brûlés. Elle sourit, pensant avec amusement que, dans plusieurs siècles, quand des archéologues fouilleraient les ruines de la maison et découvriraient la plaque, ils y verraient les restes d'une civilisation perdue, d'un monde oublié qui avait vécu dans le faste, l'opulence et peut-être les sacrifices humains…

Jennie se retrouva seule. La maison lui appartenait. Les murs n'étaient ni en brique ni en plâtre. Ils étaient faits de toutes les paroles, de tous les gestes, de tous les rires, de tous les pleurs déversés là depuis sa construction. La maison était vivante. Si Olga, Malorie et elle voulaient y demeurer en paix, il ne fallait ni la brusquer ni l'alarmer par des cris ou par des coups. Il fallait la tenir propre, en ordre, dans un calme de cloître…

Jennie vérifia d'abord qu'Hakim et Saïda dormaient bien. Oui, ils dormaient paisiblement, la petite dans un abandon total, une confiance absolue dans ce qui l'entourait ; Hakim, plus agité, comme un garçon qui rêve de cow-boys et d'Indiens, de chevaliers en armes, de voitures de course et de camions de pompiers. Jennie s'émut de sa propre tendresse pour ces deux petits êtres qu'elle chérissait. Et, rassérénée, les quitta, marchant sur des nuages pour ne pas troubler leur sommeil.

En pénétrant dans la chambre qu'elle partageait avec Malorie, Jennie ressentit une chaleur vive, comme si la dispute qui les avait jetées l'une contre l'autre irradiait encore l'atmosphère. Malorie dormait profondément, le pouce enfoncé dans la bouche, butée, le front plissé, l'air furieux. Elle s'était découverte, repoussant au pied du lit draps et couvertures. Jennie s'amusa à lui déposer trois petits baisers, le premier sur le pied, le deuxième sur la fesse, le troisième sur la joue, puis elle la recouvrit.

— Fais de beaux rêves, mon bébé, je t'aime, même si des fois j'ai envie de te battre... lui glissa-t-elle à l'oreille, en lui ôtant le pouce de la bouche.

Malorie répondit sans ouvrir les yeux ; sans que Jennie comprenne le moindre mot de son marmonnement de réconciliation.

Jennie ramassa le gros chien jaune gagné à la fête foraine qui traînait au milieu de la pièce et le jeta au-dessus de l'armoire, puis elle se mit au lit avec le sentiment d'avoir fait tout ce qu'elle devait, de l'avoir bien fait, d'avoir la tête et le cœur contents. Mikaël lui plaisait autant que son surnom lui faisait horreur. S'il voulait sortir avec elle, il faudrait qu'il renonce pour toujours à se faire appeler « Mike ». Le lendemain, dès qu'elle le rejoindrait, elle lui ferait jurer de ne plus jamais prononcer ce nom devant elle. Il pouvait se faire appeler Mitch, Mimi, Michou, Kiki, tout, sauf Mike. S'il refusait, il n'aurait rien d'elle. Elle tournerait les talons et le laisserait embrasser sa moto ou ses bottes ! Jennie n'était jamais sortie avec un garçon mais elle savait parfaitement ce que les garçons voulaient des filles. À l'inverse, elle n'était pas sûre que les garçons sachent vraiment ce que les filles aimaient. Elle lui apprendrait. Elle lui montrerait la Carte du Tendre qu'une copine de colonie de vacances avait photocopiée. Elle le guiderait d'étape en étape, de lieu en lieu, de la ville de Tendre-sur-Inclination à celle de Tendre-sur-Estime, Tendre-sur-Reconnaissance ; ils iraient par les routes du Cœur, de la Probité, de la Générosité, du Respect, de l'Exactitude, de la Bonté, sur les monts secrets et les vallées enfouies où l'amour se cache.

Jennie se tourna contre le mur. Il faudrait qu'elle pense à prendre ce qu'il fallait dans le tiroir de la table de chevet de sa mère. Enfin, celle qui était du côté de Slimane. Il n'était pas question qu'elle se fasse mettre un ballon sous le maillot ! Et, avec les garçons, c'était aux filles d'être prudentes pour deux. Après s'être assurée que Malorie s'était elle aussi tournée contre le mur et ne pouvait la voir, elle mit son pouce dans sa bouche tandis que son autre main plongeait entre ses cuisses.

Le téléphone la réveilla au milieu de la nuit. Une sonnerie cinglante, comme si en rêve Malorie lui rendait la gifle que Jennie lui avait donnée. Jennie sauta du lit et se précipita pour répondre avant que ce maudit appel réveille les petits.

— Allô ?

Une voix féminine, embarrassée, répondit :

— Je suis bien chez Mme Jacobs ?

— Oui. Vous avez vu l'heure ?
— C'est la gendarmerie.
— Ah ?
— Vous êtes…
— Jennie, la fille de Mme Jacobs. Qu'est-ce qu'il y a ?

La femme mit du temps à répondre :

— Votre maman a eu un accident. Je voulais vous avertir. Une voiture est en route pour venir vous voir.
— Où est ma mère ?

La femme éluda la question :

— Vous connaissez M. Aziz Slimane ?
— C'est l'ami de ma mère. Dites-moi ce qui se passe !
— Ce n'est pas votre père ?
— Non, c'est le père des deux petits, expliqua Jennie, irritée que la femme ne lui réponde jamais.
— Il y a d'autres enfants mineurs avec vous ?
— Ma sœur Malorie, la fille d'un autre qui s'est tué en moto.
— Un autre, soupira la voix, un autre, ah la la…
— Slimane a eu un accident avec ma mère ?

De nouveau, la femme différa sa réponse.

— Attendez la voiture, conclut-elle, comme si quelqu'un lui avait soufflé les mots qu'elle venait de prononcer. Mes collègues arrivent, ils pourront tout vous expliquer.

Jennie raccrocha, livide, tirant sur le grand T-shirt qui lui servait de chemise de nuit, comme si sa pudeur était menacée. Elle pensa : *Olga est morte, c'est pour ça qu'ils ne veulent rien dire*, mais cela restait comme une chose extérieure à elle. Une chose qui ne la concernait pas, qui ne la touchait pas personnellement. Des mots, une idée : *ma mère est morte*. C'était une évidence devant laquelle elle n'avait qu'à s'incliner. Une fois encore, elle décrocha le téléphone, laissa sonner dans le vide puis, consciente de l'inutilité de ce geste, elle lâcha le combiné comme s'il lui brûlait les paumes ou qu'il s'agissait d'un animal visqueux. Quelque chose la retenait, l'empêchait de faire ne serait-ce qu'un pas en arrière, de s'en aller, de fuir, de courir dehors pour hurler au monde cette nouvelle qui s'enfonçait en elle comme un pieu acéré. Elle demeurait immobile, figée par ce *ma mère est morte* qui la torturait lentement. Soudain, Jennie rencontra son visage dans la petite glace en forme de cœur où l'on accrochait les clefs au-dessus du téléphone. Elle chercha sur son front, sur sa bouche, la trace de cette mort qui criait en elle. Mais rien n'apparaissait. C'était la même Jennie qui, parfois, passait une heure à s'observer dans le miroir de la salle de bains. Rien ne brouillait son teint, rien n'alourdissait ses paupières, ne faisait blêmir ses lèvres. Elle aurait voulu se voir telle qu'elle était réellement, courageuse et fière, mais elle voyait une fille au visage blafard, aux yeux ombrés de cernes, au regard désespéré. Qu'allaient-ils devenir si Olga était morte ? C'était elle, impassible et terrassée, incapable de penser à autre chose qu'à ce *ma mère est morte* lu entre les silences de la femme au téléphone.

— Morte sur le coup…

L'expression que M. Guéry avait répétée tant de fois à la mort de Mike lui revint en mémoire. Sa mère était-elle morte sur le coup ? Était-elle en train de mourir ? Où se trouvait-elle maintenant ? Dans une ambulance pimponnant à tombeau ouvert, sur le marbre glacé d'une table d'hôpital ? Au Ciel ou en enfer ? Pour qui serait son dernier regard puisque aucun de ses enfants n'était là ? Pour qui avait-il été ? Tout le monde dormait. Elle seule savait qu'elle mourait, qu'elle était morte. Cette pensée la troubla et la fit s'écarter un peu du miroir, comme si quelqu'un l'avait repoussée du bout des doigts. Peut-on dormir quand sa mère meurt ? Peut-on dormir quand elle est morte ? Son reflet reçut la question mais resta muet. Jennie ferma les yeux pour ne plus se voir. Elle hésitait à aller réveiller Malorie, Hakim et même la petite Saïda. Mais pour dire quoi ? Pour le dire comment ? Non, elle devait prendre ça sur ses épaules.

Jennie tenta de se raisonner.

Après tout, la femme à la voix nonchalante n'avait rien annoncé d'autre que la venue de ses collègues pour « tout expliquer ». Quand la voiture serait là, tout s'expliquerait. Tout deviendrait simple, clair, elle s'angoissait pour rien. Pour rien du tout ! Elle s'en voulut, se reprocha d'avoir eu comme première et seule pensée « ma mère est morte » ; comme si c'était son désir secret, son souhait le plus profond. Elle était prête à jurer que jamais – jamais ! – elle n'avait voulu la mort de sa mère, même quand celle-ci refusait d'avouer le nom de son père.

— Jamais…

Elle aimait Olga de tout son cœur. Elle avait souffert de la voir en ménage avec Mike et souffert aussi pour elle quand Mike avait disparu en fumée. Olga ne pouvait pas être morte. C'était une idée grotesque, stupide. L'idée d'une fille idiote, ingrate, souffrant d'un travers de l'imagination. Une grande femme comme Olga, mère de quatre enfants, ne se tuait pas comme ça, en plein milieu d'une nuit, loin des siens, de sa maison. C'était impossible, impensable, inconcevable. Ça ne se pouvait pas !

Jennie s'apaisa.

L'ange de la mort s'éloigna, il s'envolait, vaincu par sa résistance face au mal, son amour pour sa mère, sa force de caractère. Son visage s'éclaira d'un sourire comme on en voit aux saintes dans les musées.

Jennie trouva le courage de faire quelques pas jusqu'à l'évier et de se servir un verre d'eau fraîche, mais elle tremblait tant qu'elle fut incapable de le boire. L'idée que sa mère était morte reprenait le dessus avec violence. Elle pesa si fort que Jennie dut s'appuyer à la table pour ne pas s'effondrer. Toutes ses articulations se bloquaient, se grippaient, la faisaient souffrir. Sa tête tournait. Elle eut un vertige, un malaise qui passa vite. Trop vite peut-être pour l'étourdir jusqu'à l'évanouissement qui l'aurait envoyée au pays merveilleux où plus rien ne compte, plus rien ne pèse. Jennie avait besoin d'air. Besoin de sentir la nuit sur ses joues, d'être bercée par elle, consolée d'ombres noires. En même temps, pour la première fois, l'obscurité lui faisait peur. Aller dehors, c'était se jeter dans le gouffre d'où surgirait la voiture monstrueuse, chargée d'hommes et de femmes venus lui annoncer : Ta mère est morte. Si elle ne l'était pas, ils ne se seraient pas déplacés. Elle en était sûre maintenant.

Olga était morte, morte, morte.

Jennie ouvrit le robinet et laissa l'eau couler. Elle voulait entendre quelque chose, une musique, un bruit, n'importe quoi qui lui parlerait, même dans une langue inconnue ; quelque chose qui la libérerait du carcan de silence. Elle arrêta l'eau. Ce n'était pas ce jet minable qu'il lui fallait mais une tempête, un ouragan, un tsunami pour arracher de son esprit la phrase clouée comme la pancarte sur la croix : *ma mère est morte.*

— Morte ! Morte ! se révolta Jennie, frappant des deux poings sur les portes du petit placard.

L'inquiétude, l'indignation l'éreintaient. Elle se laissa glisser lentement jusqu'au sol, comme anesthésiée de fatigue, les mains cramponnées aux bords de l'évier et resta agenouillée la tête collée à la faïence. Le contact de ses genoux contre le carrelage la fit frissonner, mais elle tint bon, soulagée par la rugosité de cette pierre qui supportait sa douleur plus qu'elle ne pouvait la supporter elle-même. Combien de temps resta-t-elle ainsi ? Peu de temps. Mais assez longtemps en tout cas pour que la mort de sa mère irrigue toutes ses veines, asphyxie ses poumons, électrise ses nerfs. Quand la torsion de son corps, le poids de sa tête, l'irritation de ses membres furent insupportables, elle bascula sur le côté pour s'asseoir, adossée au placard, les jambes allongées droit devant elle, les mains posées à plat, fixant la porte d'un regard brûlant, comme si elle contemplait un point bien au-delà de ce qu'elle pouvait voir, la queue d'une nébuleuse ou le bord d'un trou noir.

Une voiture allait venir. Il n'y avait pas une minute à perdre.

Jennie alluma le plafonnier de la chambre et s'habilla en quatrième vitesse, superposant ses vêtements pour se couvrir le plus possible. Elle réveilla Malorie, tâtant machinalement le drap pour voir si elle n'avait pas mouillé le lit, ce qui lui arrivait encore parfois quand elle était contrariée ou malheureuse.

— C'est l'heure ? demanda Malorie, les yeux pleins de sommeil.

— Habille-toi vite, on s'en va.

Jennie la força à se lever en la tirant par le bras. Malorie ne comprenait rien.

— Hein ? On retourne à la fête ?

— Maman est morte.

Jennie lui fit enfiler une culotte, un pull fin à col roulé, des collants, un pantalon de laine, deux chandails, une polaire sans manches, sans que Malorie ne prononce le moindre mot, sans qu'une larme coule de ses yeux. Elle regardait sa sœur, sidérée, hésitant entre pleurer en suçant son pouce et taper des pieds en criant que c'étaient des mensonges.

— Elle est morte comment ? finit-elle par bredouiller, comme si elle doutait du sens des mots qui sortaient de sa bouche.

Un poids terrible sur la poitrine, Jennie raconta :

— Elle a eu un accident avec Slimane. La police a téléphoné.

— Pourquoi on doit partir ? demanda Malorie, rechignant à mettre ses chaussures. On va la voir ?

— Non.

— Je ne veux pas partir !

— Tu veux qu'on soit séparées ?

Malorie, d'un cri, se jeta dans les bras de Jennie :

— Maman !

— Il faut se sauver, mon bébé, dit Jennie, refusant de savoir si ce cri s'adressait à elle ou à sa mère.

Elle noua les lacets des bottines rouges de sa sœur qui se cramponnait à elle.

— Si les flics arrivent avant qu'on parte, ils nous prendront et on ne se verra plus jamais.

— T'es sûre ?

Jennie n'était pas sûre comme on est sûr quand on sait. Elle était sûre d'instinct et son instinct ne la trompait pas. En colo, elle avait vu un film où la police, les juges, les assistantes sociales enlevaient tous ses enfants à une maman trop pauvre pour les élever. Elle ne se faisait pas d'illusions, c'est ce qui leur arriverait s'ils ne s'échappaient pas tout de suite. Elle était mineure, ses sœurs et son frère aussi. Le fait qu'elle s'en soit toujours occupée, qu'elle soit une mère pour eux, ne compterait pour rien. Ils ne verraient que son âge, le fait qu'elle n'avait aucun argent, aucun travail. Et comme ils n'avaient pas de famille, Jennie savait qu'elle ne pouvait compter que sur elle-même si elle ne voulait pas qu'on lui prenne Malorie, Hakim et Saïda.

Tenant Malorie par la main, la traînant derrière elle, elle rafla le peu d'argent que sa mère gardait pour les courses dans une boîte à sucre puis, dans la chambre, elle chercha si Slimane n'en avait pas laissé aussi. Elle trouva vingt euros dans la poche d'une chemise, mais c'était tout.

Jennie découvrit que, par chance, la remorque était restée solidement attachée à sa Mobylette. Elle empila ce qu'elle put de couvertures, installa Malorie, lui ordonnant de sucer son pouce et de ne pas bouger. Elle alla chercher deux paquets de couches, des petits pots, des biscuits, deux bouteilles d'eau et du lait qu'elle chargea d'un même élan. Et, enfin, elle amena les petits. Hakim pleurait mais se calma dès qu'il eut une tétine dans la bouche ; la petite Saïda ne s'était même pas réveillée et dormait toujours aussi paisiblement quand elle passa dans les bras de Malorie dont le visage s'était figé, aussi lisse et inexpressif qu'un masque de plâtre.

Quand la police viendra, elle viendra par la nationale, pensait Jennie.

Elle imaginait avec plaisir les flics se cassant le nez devant la porte fermée, les volets clos, tapant, tambourinant pour qu'on leur ouvre. Peut-être finiraient-ils par trouver comment entrer dans la maison et découvriraient-ils qu'il n'y avait plus âme qui vive à l'intérieur. Peut-être penseraient-ils qu'ils s'étaient trompés d'adresse et se décourageraient-ils de chercher plus loin ? Peut-être attendraient-ils le jour pour se déplacer ? Peut-être se perdraient-ils en route ou auraient-ils, eux aussi, un accident ? De peut-être en peut-être, Jennie se persuada que cela lui laissait le temps de disparaître.

Elle fit le vide dans son esprit.

Elle se débarrassa de tout ce qui pouvait faire obstacle au but qu'elle s'était fixé. Aller le plus vite possible, le plus loin possible, trouver une cache, un lieu où ils vivraient en secret jusqu'à ses dix-huit ans, date à laquelle personne n'aurait plus le droit de contester que Malorie, Hakim et Saïda étaient à elle, à personne d'autre.

Elle poussa la Mobylette et la remorque jusqu'à l'arrière de la maison et ne lança le moteur que dans le petit chemin qui rejoignait la vicinale et la départementale. Ainsi protégés par la nuit, gardés de part et d'autre par des remblais de terre, il n'y avait quasi aucune chance que quelqu'un puisse les voir ou les entendre.

Ils prirent la route.

Jennie tenait fermement le guidon, le regard fixé sur le rond de bitume éclairé par le faible halo de son phare. Elle aurait aimé aller dix fois plus vite, mais il n'y avait rien à faire, chargée comme elle l'était, la Mobylette se traînait au rythme d'un cheval fourbu. Si au moins elle avait eu la moto de Mikaël !

— Mikaël…

Elle repensa au beau gosse avec plaisir. Sous ses airs insolents, ses allures de petit dur, elle voulait se persuader qu'il était bon et doux. Oui, elle était certaine que Mikaël les aiderait, qu'il ne se défilerait pas ; qu'il ne raterait pas sa chance d'accomplir une action héroïque en sauvant une fille et trois enfants de ce qui les menaçait.

Elle décida de quitter la départementale.

Elle voulait se mettre à l'abri et attendre le jour à couvert en se reposant un peu. Dès qu'elle le pourrait, elle courrait à Gorges, au rendez-vous derrière l'église. Elle expliquerait tout à Mikaël et s'en remettrait à sa générosité, à son courage.

L'idée qu'Olga était morte à l'instant même où elle embrassait Mikaël derrière la maison lui arracha un cri rauque comme un sanglot. Elle toussa, s'étrangla, cracha, fit une embardée avant de retrouver son souffle et de remettre la Mobylette dans le bon axe. Ne manquerait plus qu'elle ait, elle aussi, un accident ! Imbécile, idiote, débile ! Elle ne pouvait pas se permettre de conduire n'importe comment, de zigzaguer, de mordre sur le bas-côté ou de couper la route en biais. Il ne fallait pas non plus qu'elle s'endorme même si elle se sentait au-delà de la fatigue, moulue sous la dent de fauves invisibles, exténuée.

Jennie entra dans la forêt comme on entre nu dans la nuit.

Elle roula assez longtemps parmi les arbres et s'arrêta au plus profond, près d'une petite clairière cernée de ronces et de buissons touffus. Elle poussa la Mobylette, moteur éteint, à l'écart du chemin pour éviter que des phares indiscrets ne les débusquent et ne les dénoncent. Elle pouvait entendre battre son cœur dans le silence d'encre noire qui les cernait. Elle tâta l'air, les mains au-devant d'elle, comme si elle devait découvrir un monde nouveau. Nul ne savait où ils se trouvaient. Le savaient-ils eux-mêmes ? La nuit les protégeait, les gardait hors du monde.

Malorie et les petits s'étaient rendormis dans la remorque, enroulés les uns contre les autres comme une portée de chatons dans une caisse. Sa mère était morte et Jennie ne pleurait pas. Malorie non plus n'avait pas pleuré. Et les petits étaient trop petits pour avoir conscience que celle qui leur avait donné la vie venait de perdre la sienne.

Jennie ne prit pour elle que la plus fine des couvertures, celle en laine écossaise. Elle s'enroula dedans et s'adossa au hayon de la remorque en fermant les yeux.

Mais comment dormir ?

Son esprit était hanté d'images contradictoires. D'un côté elle se voyait avec Mikaël, s'occupant de Malorie et des petits dans une maison qui serait la leur, avec un grand jardin et des fleurs. De l'autre, elle s'imaginait en prison, les pieds et les mains entravés par des fers, avec seulement une lucarne inaccessible pour voir le jour. Sa confusion était totale entre le rêve d'une vie rangée où rien ne bouge, où rien ne change, et celle d'un combat sans merci où elle devrait s'arracher les membres pour recouvrer sa liberté. Jennie se sentait condamnée de l'un ou l'autre bord. Les deux voies étaient des voies de sacrifice, de douleur et de mort. L'une plus douce, l'autre plus dure mais l'une et l'autre finalement semblables. Il n'y a pas besoin d'avoir beaucoup étudié ni d'être savant pour sentir l'injustice du monde. Jennie s'insurgeait contre l'injustice qui lui était faite ; qui est faite aux enfants dont les parents meurent sur la route ou à la guerre et que l'on enferme jusqu'à l'oubli. La mort de sa mère lui volait sa vie, le peu de futur qu'elle espérait.

Ils étaient au cœur d'une longue nuit où les promesses se noyaient. Le vent ne portait ni consolation ni tendresse. L'obscurité faisait loi. Silence de sépulcre et tombes à l'affût. Jennie ne pouvait pas dormir. Elle demeurait yeux grands ouverts, mains posées à plat sur la terre meuble, prête à bondir, à décamper. Elle avalait sa solitude. Elle l'avalait sans témoins. Elle l'avalait sans eau, sans pain, sans sucre, sans huile, glacée, brûlante. Elle l'avalait comme du plomb fondu qui lui durcissait le cœur.

Le sommeil la gagna.

Plus exactement le froid nocturne la cerna d'un étau qui se resserra sur elle jusqu'à lui faire perdre connaissance. Jennie se sentit épaissir comme soudain le ciment prend. Tout en elle se contractait, s'ossifiait. Et ce qui était elle, l'être secret qui était elle, vraiment elle, n'avait d'autre solution que de se recroqueviller, de faire le dos rond et de garder à toute force un œil ouvert sous l'affreux manteau léthargique qui l'écrasait. Combien de temps dormit-elle ? Très peu sans doute et jamais de manière continue, paisible. Elle piquait du nez, sombrait un instant dans un coma superficiel et se réveillait en sursaut, la bouche sèche, le front brûlant, persuadée d'avoir entendu des pas ou des voix qui approchaient.

Le froid venait du sol.

Jennie résolut de se lever et de marcher de long en large pour ranimer ses membres engourdis. D'abord elle vérifia que les petits n'étaient pas morts, congelés dans la remorque. Ils respiraient, elle respira. Puis, s'éloignant de quelques pas de la Mobylette, elle urina, laissant ses mains sous la source chaude qui coulait d'elle. Elle se souvenait avoir vu à la télévision une émission où les Inuits faisaient la même chose dans le Grand Nord. Ce souvenir la justifiait, allégeait la honte qu'elle éprouvait d'accomplir un tel geste, même en secret. Un peu réchauffée, Jennie se concentra sur la conduite qu'elle aurait à tenir dans les heures prochaines. Mentalement, elle dressa une liste des urgences. Un : retrouver Mikaël, deux : obtenir une aide de lui, si possible de l'argent, en tout cas un soutien pour aller jusqu'à la gare, trois : prendre un train jusqu'à Paris, quatre : trouver un autre train pour...

— Non, dit Jennie à voix haute. Non, non, ce n'est pas possible !

C'était trop risqué de voyager en train, ils seraient tout de suite repérés et livrés à la police et aux juges. Elle devait trouver autre chose. C'était impossible d'imaginer aller plus loin que Gorges avec la Mobylette et la remorque. Même avec la moto de Mikaël, ils pourraient encore faire cent kilomètres, mais pas plus.

— Impossible, impossible, impossible, répéta-t-elle rageusement.

Jennie entrevit la solution quand elle se remémora la conversation qu'ils avaient eue devant la maison.

Mikaël était majeur et son père tenait un garage, donc il y avait toutes les chances pour que Mikaël sache conduire et peut-être même ait déjà le permis. C'était ça que Jennie devait lui demander : prendre une voiture, l'emprunter ou la voler, et les conduire sans que personne ne puisse savoir qui voyageait ni où ils allaient.

Jennie se laissa gagner par une exaltation qui lui donnait envie de sauter, de danser, de crier à tue-tête : C'est ça, oui, c'est ça, c'est ça ! Mais elle se contint par prudence, marchant seulement de plus en plus vite, de plus en plus loin, comme si elle traçait un cercle magique autour de la Mobylette.

Dans l'haleine froide de l'aube, Malorie se réveilla en pleurant. Un torrent de larmes qu'aucune caresse, ni aucun baiser de Jennie n'arriva à endiguer.

— Ne pleure pas, mon bébé, ne pleure pas. Je suis là. Je suis là…

Ça coulait à flots. Ça roulait sur ses joues. Ça dégoulinait sur sa bouche. Malorie hoquetait, gémissait en se tordant les mains, grinçant des dents, incapable d'articuler le moindre mot. Ses jambes étaient parcourues de tremblements. Jennie s'effraya. Si Malorie ne se calmait pas il faudrait la conduire chez le médecin, lui passer la camisole et l'enfermer.

— Arrête ! Arrête ! Ça suffit !

Mais aucune menace, aucune objurgation, aucune supplication n'eut d'effet. Malorie ne pouvait pas s'arrêter, son corps tout entier disait ce qu'elle ne pouvait exprimer. Et le disait fort.

Saïda aussi pleurait, s'agitant au fond de la remorque, roulant d'un côté à l'autre, comme si elle voulait en briser les parois et s'échapper. Jennie la prit dans ses bras pour éviter qu'elle ne se cogne, mais, là non plus, le bercement, les chansons douces n'y suffirent pas. Saïda avait faim, elle avait froid, elle criait à s'étouffer, son petit visage tout rouge, tout crispé. Il n'y avait qu'Hakim qui, le nez au vent, dressé sur ses jambes, les yeux pétillants, répétait d'un air ravi :

— Caca ! Caca !

Et sautait sur place, heureux d'avoir fait.

Jennie ne savait plus où donner de la tête. Il avait fallu laver les petits à l'eau minérale, les changer, les nourrir. Saïda avait eu du mal à avaler son biberon froid mais l'avait tout de même bu en entier. Hakim, lui, n'était pas difficile, tout ce qui se mangeait était bon : lait en tube, petits pots, biscuits et, si Jennie ne l'avait arrêté à temps, il aurait même goûté aux baies qui poussaient sur un épineux. Malorie, assise sur le siège de la Mobylette, regardait sa sœur s'activer comme si elle ne la voyait pas ; comme si elle était transparente et que seul lui importait ce qu'elle distinguait au-delà d'elle. Elle ne bougeait pas, le front plissé, les poings serrés contre ses hanches. Muette. Elle ne broncha pas quand Jennie la débarbouilla avec une lingette.

— Écoute-moi bien, dit Jennie, prenant son visage entre ses mains pour forcer son attention, je vais aller à Gorges...

— Elle n'est pas morte, grogna Malorie, avec dans les yeux une lueur d'exaspération douloureuse, la mâchoire agressive.

— Si, mon bébé, elle est morte.

Elle n'était pas à prendre avec des pincettes.

— Comment tu le sais ?

— Mon cœur me le dit.

— Un cœur, ça parle pas.

L'hôpital de Gorges n'était qu'à un kilomètre de la forêt où ils se cachaient, à l'entrée de la ville, un peu à l'écart. Jennie fit le trajet à pied, marchant vite, courant presque, regrettant à chaque pas d'avoir pris le risque de laisser les petits seuls avec Malorie. « Je sais, je sais qu'elle est morte, je le sais », se répétait-elle, avec toute la conviction dont elle était capable. Mais au fond d'elle subsistait un doute nourri d'espoir. Et si Malorie avait raison ? Et si Olga n'était pas morte ? S'ils avaient fait tout cela pour rien ? Et si leur mère était en train de les chercher partout ? De remuer ciel et terre pour les retrouver ?

Soudain, Jennie éprouva le besoin d'une certitude.

À cette heure matinale, les urgences étaient désertes. Jennie se présenta au comptoir où une femme au visage las l'accueillit.

— Bonjour, madame, dit Jennie, s'efforçant de sourire. Je suis la fille d'une voisine de Mme Jacobs qui a eu un accident hier soir. Ma mère voudrait savoir comment elle va, si on peut venir la voir et à quelle heure, parce que ma mère travaille et…

— Mme comment, vous dites ?

— Mme Jacobs. Olga Jacobs.

Une larme de lait perla au coin de son œil. Mais Jennie ne la sentit pas.

— Vous êtes sûre qu'elle est chez nous ?
— Je ne sais pas, c'est la police qui m'a…

Jennie avait failli se trahir. Elle vira à l'écarlate, la terre se dérobait sous ses pieds. Elle vacilla et dut poser ses mains sur le comptoir pour ne pas tomber à la renverse. La femme consulta son registre, sans rien remarquer de son trouble.

— Désolée, mademoiselle, dit-elle après avoir parcouru une liste d'un doigt à l'ongle verni rouge, vous direz à votre maman que ce n'est pas la peine qu'elle se déplace, hélas, Mme Jacobs est décédée. J'imagine que sa famille…

Jennie avala sa salive.

— Et son ami ? demanda-t-elle, sans laisser la femme achever sa phrase.

— Qui ça ?

— Je crois que Mme Jacobs était avec un ami, M. Aziz. Slimane Aziz.

La femme maugréa :

— Attendez, je regarde…

Slimane aussi était mort.

Jennie retrouva Malorie et les petits assis dans la remorque. Ils attendaient sans une plainte, sans un gémissement, paralysés par un désespoir passif qui les gardait les yeux grands ouverts, les bouches fermées. Cette vision lui arracha le cœur.

Jennie ne savait plus quoi faire.

Ils ne pouvaient pas rester là, il était encore trop tôt pour aller au rendez-vous. Elle était désemparée, désorientée. Son dos la démangeait. D'abord, elle crut que c'étaient des moustiques ou quelque chose qu'elle avait attrapé dans l'herbe. Elle se gratta, se frotta sans parvenir à soulager la douleur lancinante qui la faisait se tortiller en tous sens. Finalement, elle enleva son blouson et remonta ses pulls et son chemisier assez haut :

— Qu'est-ce que j'ai ?
— Un zéro, répondit Malorie.
— Quoi ?
— T'as un rond sur la peau, grommela Malorie, le pouce dans la bouche.

Jennie se déplaça jusqu'à la Mobylette et, au prix d'une contorsion, observa son dos dans le petit rétroviseur. Sa peau était légèrement boursouflée, enflammée, rouge. Une trace bien nette. Une marque brûlante qu'on aurait pu croire imprimée au fer. Rien à voir avec des piqûres d'araignée ou d'orties, ça venait d'elle. De l'intérieur d'elle. De son sang. Le message était clair : elle pouvait lire un *O* comme Olga, le *O* du cercle de la mort qui les étranglait, un *O* comme zéro.

Ils n'étaient rien, ne comptaient pour rien, pour personne, des zéros.

Mikaël attendait derrière l'église depuis cinq bonnes minutes quand il vit arriver Jennie sur sa Mobylette, tirant derrière elle la remorque dans laquelle avaient pris place Malorie, Hakim et Saïda.

— Putain, merde ! jura-t-il pour les accueillir. Qu'est-ce que tu fous avec eux ? Tu ne pouvais pas les laisser chez toi ? Comment tu veux qu'on...

— Ma mère est morte, annonça froidement Jennie.

— À d'autres. C'est tout ce que tu as trouvé ?

— Elle s'est tuée hier soir en bagnole avec Slimane.

Mikaël se repeigna d'un geste élégant. Il n'y croyait pas.

— Tu me baratines.

— Je ne baratine jamais, dit Jennie qui n'avait pas le temps de discuter. Je me suis tirée de chez moi avec les petits avant que les flics nous embarquent pour nous foutre je ne sais où, dans des foyers ou des trucs comme ça.

À son regard, Mikaël comprit qu'elle ne plaisantait pas, qu'elle ne cherchait pas une excuse pour...

— T'as pas de famille ? demanda-t-il, le visage brouillé de déception et d'embarras.

— Malorie a une tante, mais ça m'étonnerait qu'elle fasse quelque chose pour nous, et les petits en ont peut-être en Algérie, mais je ne sais pas qui et je ne sais pas où. Et moi, je n'ai personne.

— Putain de merde ! Merde ! Merde !

Le beau gosse se décomposait. Jennie le ramena à la réalité.

— T'as le permis ?

— Tu me prends pour un bouffon ? s'indigna Mikaël. Je suis le fils du garagiste, je l'ai eu du premier coup.

Et, avec une fierté de jeune coq :

— À quinze ans, je savais conduire.

Jennie le fixa droit dans les yeux.

— On va à ta cabane ?

— T'as envie ?

— T'es sûr que personne ne nous trouvera ?

— Sûr. Y a pas un rat par là, ça craint.

— Alors on y va tout de suite, ordonna Jennie d'un ton sans réplique. J'attendrai que tu reviennes nous chercher.

Mikaël fit un pas en arrière.

— Que je revienne vous chercher ?

— Je veux que tu nous conduises à Étretat, sur les falaises. C'était le rêve de maman de nous emmener là-bas, son idée fixe.

Mikaël tenta de se défiler :

— J'ai pas de bagnole, avoua-t-il.

— Et au garage, il n'y en a pas ?

— T'es conne ou quoi ? T'as déjà vu un garage où il n'y aurait pas de bagnoles ?

— OK, je suis conne mais toi tu n'as pas de couilles.

— Tu veux que je te montre ?

— Pas besoin de baisser ton froc pour me montrer, répliqua Jennie, clairement, calmement. Si t'as des couilles, tu piques une bagnole au garage et tu nous emmènes où je t'ai dit.

— Pourquoi je ferais ça ? demanda Mikaël, dans une nouvelle tentative de fuite.

Après un silence, réfléchie, aussi déterminée qu'énergique, Jennie répondit :

— Parce que quand on y sera, tu pourras me baiser.

La cabane était dans un creux du terrain, comme si la terre avait glissé et l'avait entraînée au fond d'un trou. Pour y arriver, il fallait passer au milieu de bois morts, de buissons à moitié brûlés, de fougères, d'orties, de déchets et d'ordures en tout genre. Ils se frayèrent un chemin à travers les broussailles et les ronces enchevêtrées, trébuchant, se heurtant à des troncs coupés, des madriers mal équarris. Mikaël avait raison, pour venir là, il fallait vraiment le vouloir. La cabane n'était pas grande, un petit cube de planches sans fenêtre et un toit en tôle ondulée. Bonne surprise, elle n'avait pas servi de chiottes à des SDF ou à des types du chantier. Le plancher était relativement propre et sain à part la poussière et quelques vieux bouts de journaux qui traînaient là.

Jennie ne resta pas les deux pieds dans le même sabot.

Elle arracha aussitôt une poignée de genêts secs pour s'en faire un balai, sacrifia une bouteille d'eau qu'elle renversa sur le sol et balaya le bois brut tandis que Mikaël était chargé d'amuser les petits en faisant les marionnettes. Quand elle eut fini, elle installa un lit de fortune avec ses couvertures et le tapis de sol que Mikaël avait apporté en prévision de…

— Et si on baisait là ? proposa-t-il. Ta frangine est assez grande pour s'occuper des gosses pendant que je m'occupe de toi…

— On baisera quand on sera à la mer, répéta Jennie sans le regarder, encore à son ménage.
— J'ai envie, gémit Mikaël pour l'amadouer, sourire charmeur au coin des lèvres, œil de velours.
Jennie fit volte-face.
— Tu veux que je te branle ? demanda-t-elle brusquement, sans détour, avec une franchise qui déboussola Mikaël.
Il s'étouffa, les joues rouges, les lèvres tremblantes.
— Ça va pas, non ! T'es pas un peu marteau de…
Jennie s'impatientait, exaspérée par son indécision.
— Si tu veux que je te branle, je te branle, dit-elle, tendant la main vers sa braguette. Si tu préfères autre chose, tu te barres et tu te dépêches de revenir. Plus vite on sera à la mer, plus vite tu pourras me baiser. Et prends des capotes, j'ai pas eu le temps, je suis partie trop vite…
Mikaël la dévisagea avec candeur.
— J'ai jamais vu une fille comme toi !
— Fonce, ça ne me plaît pas beaucoup de rester toute seule dans ce trou. Faudrait que tu prennes aussi de l'eau et des biscuits pour Hakim.
Mikaël allait partir, Jennie le retint par la manche.
— Et prends aussi une serviette.
— Tu crois que je vais là-bas pour me baigner ? ricana le beau gosse, qui n'avait pas la moindre intention de se les geler dans les vagues.
— Je ne veux pas foutre du sang partout quand on baisera, dit Jennie d'une voix sourde. Comme je ne l'ai jamais fait, on ne sait pas ce qui peut arriver.

Jennie se mit à considérer la journée sous un angle plus positif. Ça ne se passait pas si mal. Ils étaient à l'abri dans une cache que nul ne pouvait soupçonner. L'air était plutôt frais mais pas désagréable, le ciel d'un bleu sans nuages. Un bleu qu'elle lisait comme un signe d'espoir que rien ne viendrait contrarier leur départ. Peut-être s'en voulait-elle un peu d'avoir été si directe avec Mikaël, mais ce n'était pas le moment de faire des manières ni d'être empotée comme un garçon, incapable de faire deux choses en même temps. Quand ils seraient à la mer, elle saurait se montrer bonne fille. Elle était certaine – son intuition ne la trompait jamais – qu'il n'avait jamais fait l'amour, qu'elle serait sa première comme il serait son premier et cela lui plaisait de penser qu'ils apprendraient ensemble ce que les hommes et les femmes doivent savoir un jour.

Deux heures passèrent.

Jennie n'en pouvait plus d'attendre, heureusement Saïda, Hakim et même Malorie, épuisés, faisaient un gros dodo dans la cabane. Quand elle entendit des pas bousculer les fougères, elle crut que c'était Mikaël qui revenait enfin. Elle se précipita à sa rencontre :

— T'en as mis du temps !

Ce n'était pas Mikaël.

Mais quatre gendarmes qui se saisirent d'elle sans difficulté malgré ses cris, ses morsures, ses coups de pied, ses hurlements. Quant aux petits, ils se réveillèrent dans les bras de ceux qui les emmenaient au commissariat.

Sept ans étaient passés.

Jennie avait vingt-trois ans maintenant.

C'était la première fois qu'elle revenait depuis la nuit où sa mère était morte. Son cœur battait. La maison n'était toujours pas finie, la tranchée des câbles électriques était encore à ciel ouvert. Partout s'entassaient les mêmes parpaings, les mêmes sacs de ciment, la ferraille, les outils, mais, en plus de ça, la cour était encombrée d'un incroyable bric-à-brac de meubles en piteux état, de vieux vélos, de motocyclettes hors d'usage, d'appareils ménagers, lave-linge, lave-vaisselle, micro-ondes, gazinières, chaudières et de mille choses empilées les unes sur les autres. Un mélange de brocante et de décharge. *Un paysage de fin du monde*, pensa-t-elle, se souvenant de la discussion qui les avait tenus une bonne partie du déjeuner le jour des quarante ans de Mike.

Elle s'approcha d'un gros type agenouillé, la tête enfoncée dans un placard de cuisine dont il démontait le fond, jurant « putain de putain ! » à chaque tour de vis, soufflant, crachant. Une baleine. Son jean était trop juste pour lui. On lui voyait la raie des fesses.

— Je peux vous parler ? demanda Jennie, toussant dans sa main.

Jeanjean sortit du placard et se tourna vers elle, gêné par le soleil. Il n'hésita pas longtemps.

— Nom de Dieu ! Jennie ?
— Gagné.

Il se redressa pour mieux la voir. Jennie était devenue une jeune femme avec un air de garçon manqué, cheveux courts, petit blouson, bottines d'un rouge saignant, jean serré et juste ce qu'il faut de maquillage pour qu'on remarque qu'elle avait le visage d'un ange après la chute.

— Putain, ça fait une paye !

Jennie observait la maison aux volets fermés.

— T'habites là, maintenant ?

— Faut bien, soupira Jeanjean.

— Et tes parents ?

— Ils gèrent un camping à Palavas. On ne se voit plus vraiment. Je ne m'en plains pas…

Il s'essuya les mains dans un torchon qui dépassait de sa poche, répéta deux ou trois fois : « Alors ça alors, ça alors, si je m'attendais… »

— Je t'offre quelque chose à boire ?

— Qu'est-ce que t'as ?

— De la bière.

— Rien d'autre ?

— Non.

— Ça ira.

Ils allèrent jusqu'à la porte de la baraque, sans se hâter, à pas mesurés, comme si Jennie redoutait de se retrouver dans la cuisine et que Jeanjean voulait retarder le moment de la laisser entrer.

Rien n'avait changé.

Il y avait toujours le petit miroir en forme de cœur où accrocher les clefs, le même plafonnier sinistre pendu au bout d'une chaîne, les mêmes chaises, la même table avec la toile cirée où Jennie faisait ses devoirs avec Slimane, mais tout encombrée de bouteilles, de paquets de gâteaux, de chips, de boîtes de conserve, de vaisselle sale coincée entre des bouts de moteur, des pièces mécaniques, du matériel électrique. Jeanjean ne faisait jamais le ménage. C'était ça qui avait changé : du temps d'Olga, ça sentait le propre et la cuisine, pas cette odeur doucereuse qui flottait dans l'air comme si quelque chose pourrissait dans un coin.

Jeanjean ne lui proposa pas de verre, il avait la flemme de les sortir ou ils étaient sales. Il ouvrit une canette, la tendit à Jennie, en décapsulant une autre pour lui.

— Qu'est-ce que tu viens foutre ici ? demanda-t-il, s'installant en face d'elle au coin de la table.

— J'ai un truc à faire à Gorges.

— Quel truc ?

Jennie prit une profonde inspiration.

— Tu connais le garagiste ?

— Tu ne lis pas les journaux ? demanda Jeanjean, réprimant un rot.

— Les journaux ? Pourquoi, que...

— Pourtant, on en a vachement parlé ! s'exclama Jeanjean.

— Mais de quoi ?

— C'est vrai, tu ne sais pas ?

— Accouche.

— Tu vas te marrer ! figure-toi qu'un soir, le garagiste servait un client à la pompe, il y avait de l'orage, des éclairs, du tonnerre, et d'un seul coup, boum badaboum boum boum ! voilà qu'il se prend la foudre en pleine poire. Tué sur le coup. Figé sur place comme une statue. Les pompiers ont mis une heure à le décoller. Et tu sais le plus beau ?

— Non, murmura Jennie.

Jeanjean s'offrit une grande rasade de bière avant de répondre :

— Le type qu'il servait s'est tiré sans payer !

Jeanjan s'étouffait de rire. Le visage de Jennie s'affaissa.

— Il n'y a plus de garage à Gorges ? parvint-elle à demander du bout des lèvres.

— Pourquoi il n'y aurait plus de garage ?

— Ça n'a pas été vendu ?

— Penses-tu ! C'est le fils qui a repris, répondit Jeanjean.

Et, finissant la dernière goutte de sa bière :

— Il y a un truc fendard qu'il faut que je te dise…

Jeanjean s'essuya la bouche d'un revers de manche.

— Tu sais comment il s'appelle ?

— Qui ?

— Le jeune, le jeune garagiste, le fils du foudroyé.

Non, Jennie ne savait pas. Si, elle savait, mais ne voulait pas l'entendre.

— Il s'appelle Mike ! Comme notre Mike, mais lui, c'est son père qui a été tué sur le coup !

La vie n'avait pas été rose pour Jennie depuis le jour maudit où on lui avait enlevé les petits au commissariat. D'abord deux femmes pour lui prendre Saïda et Hakim et les emmener dans une pouponnière de l'Aide sociale à l'enfance. Puis une autre pour conduire Malorie en pleurs dans une maison de l'enfant avant son placement en famille d'accueil. Et elle que les gendarmes avaient dû menotter pour la transporter jusqu'à un foyer tant elle criait, se débattait, hurlait qu'elle voulait les tuer ! qu'ils n'avaient pas le droit ! que c'étaient ses enfants !

Elle n'était pas restée longtemps dans ce premier foyer, huit jours à peine : bagarres, injures, révolte, provocations, refus de s'alimenter, de se laver, de se déshabiller, tentative de fugue, elle avait vite été expédiée dans un autre, puis dans un troisième avant d'être envoyée dans l'Oise, chez la mère Gildas, qui s'occupait d'enfants difficiles depuis une vingtaine d'années. Avec Jennie, dans cette maison isolée en pleine campagne, il y avait deux petits Noirs de neuf et onze ans, des orphelins adoptés par des Français puis de nouveau abandonnés parce qu'ils ne convenaient pas au couple, inadaptables, incorrigibles. Il y avait aussi le fils de la mère Gildas, une petite ordure boutonneuse de seize ans qui la menaçait de raconter à tout le monde que Jennie avait besoin de son pouce pour s'endormir. Il sortait son truc et la forçait à le sucer : « Puisque tu suces ton pouce, tu peux bien sucer ça. » Cela avait duré jusqu'à ce que la mère Gildas le découvre. Jennie avait pris une raclée, puis elle avait été renvoyée en foyer. La mère Gildas jurait qu'elle ne voulait pas de « ça » chez elle.

« Ça », c'était Jennie.

Jennie se moquait bien de ce qu'on pouvait dire et penser d'elle. Elle n'avait qu'une idée en tête : s'évader des foyers, des centres d'accueil, des maisons familiales où on la traînait, elle voulait retrouver ses frères et sœurs, courir à la mer et partir si loin que personne ne les retrouverait jamais.

Son placement dans un foyer de l'est de la France changea sa vie. Augustin, un éducateur, la prit sous son aile et s'en occupa comme personne ne l'avait fait depuis Slimane et sa mère. Il l'apprivoisa, l'instruisit, la civilisa. Il l'aida à faire des recherches pour savoir où se trouvaient Malorie, Saïda et Hakim. Grâce à lui, elle put leur envoyer des cartes pour leurs anniversaires, leurs fêtes, Noël, et même la Fête des mères. Il lui offrit des livres, la força à lire, à étudier, à passer son bac qu'elle eut, sans mention, mais du premier coup. Augustin venait de loin lui aussi. Dernier d'une famille nombreuse, en échec scolaire, travaillant dès quinze ans de petit boulot en petit boulot, il avait peu à peu pris conscience de son intelligence, de sa force. Tout en continuant à gagner sa vie comme cariste, il avait repris des études, passé des diplômes et depuis se consacrait à l'enfance défavorisée. Il était marié, père de deux petites, Jessica et Jennifer.

— Deux J ! Avec toi ça en fait trois dans ma vie ! disait-il à Jennie, quand il parlait de ses filles.

Il ajoutait :

— J'ai vu un western où il y a un ranch qui s'appelle comme ça : *Les Trois J* !

— Tu te prends pour un cow-boy ?

— Je te prends pour une squaw !

Un soir où il passait lui dire bonsoir, Jennie invita Augustin à rester dans sa chambre et à lui faire l'amour, à être son premier. Elle se donna à lui, elle n'avait pas peur, elle avait envie, depuis trop longtemps. Ce soir-là, Augustin refusa, mais le lendemain il emmena Jennie à la campagne, dans la maison d'un de ses frères dont il gardait les clefs…

Ce fut très doux, très tendre, dans la pénombre rassurante d'une chambre cossue, dans un grand lit moelleux. Jennie surprit Augustin en lui tendant un préservatif.

— Tu as pensé à ça ?
— Je suis vierge, je ne suis pas conne.

Jennie devint la maîtresse régulière d'Augustin.

Jour après jour, chez son frère, dans les bois, à l'hôtel, au foyer, partout où ils pouvaient s'aimer en cachette, ils s'aimèrent. Augustin tomba tellement amoureux qu'il envisagea de quitter femme et enfants. Jennie ne voulait pas de ça, surtout pas. Elle aimait Augustin mais pas au point de briser son ménage et de l'éloigner de ses filles. Non, ça, jamais, se répétait-elle, jamais. Elle avait trop souffert de ne pas avoir de père pour infliger ça à d'autres, à des enfants, des petites, des J comme elle. La veille de ses dix-huit ans, elle se fit couper les cheveux et le lendemain, après qu'ils eurent fait l'amour une dernière fois, elle ramassa ses affaires et quitta le foyer sans lui laisser un mot à l'accueil, ni un message d'adieu sur son portable. Elle disparut de la vie d'Augustin aussi soudainement qu'elle y était entrée. Elle voulait qu'il pense qu'elle n'avait jamais existé, qu'elle n'avait été qu'un rêve.

Jennie prit ses précautions, brouilla les pistes, changea plusieurs fois de nom. Pour qu'Augustin la retrouve, il aurait fallu qu'il soit devin.

Commença alors une période d'errance et de galères. Jennie vécut dans des squats, partagea le quotidien de SDF, fit le coup de poing, fréquenta des zonards en tout genre ; elle travailla avec des Africaines au nettoyage de bureaux, de chambres d'hôtels, trouva une place dans un centre de téléphonie, une autre dans une cantine scolaire, puis fut embauchée comme caissière dans un supermarché avant d'être renvoyée pour avoir encouragé ses collègues à faire grève. Elle se fit vendeuse de fripes, déchira les billets à l'entrée d'un théâtre et occupa encore beaucoup d'autres emplois d'un jour ou deux qui lui permirent de survivre sans jamais se prostituer. Cela ne l'empêcha pas de connaître des hommes, des Blancs, des Blacks, des Arabes, un Chinois et même un Américain chez qui elle habita pendant près de trois mois, dans un quartier chic de la capitale où il occupait un appartement au dernier étage, sous les toits. C'est lui, Joe, qui lui avait offert à peu près tout ce qu'elle avait sur le dos, qui lui fit faire des économies en refusant qu'elle paye quoi que ce soit et qui lui laissa tous ses euros quand il retourna à Chicago, sa ville natale.

Désormais, Jennie vivait dans une chambre au Palais de la Femme, une institution de l'Armée du Salut où elle travaillait à l'accueil, comme hôtesse et standardiste.

— T'as pas de meuf ? demanda-t-elle à Jeanjean, reposant sa canette vide.

Jeanjean grogna un non et, avec un sourire en biais :

— Tu crois qu'une femme voudrait d'un type comme moi ?

Jennie ne pouvait pas mentir, non, elle par exemple n'aurait jamais pu aimer un type comme lui. Mais elle voulait être gentille.

— Peut-être qu'en t'arrangeant ?

Jeanjean ricana grassement.

— Pas besoin de femme. J'ai eu ma mère, ça me suffit.

Il dévisagea Jennie :

— Et toi, t'as quelqu'un ?

— Non, personne.

— Eh bien, tu vois : toi et moi ? on est pareils. T'es belle, je suis moche ? et on n'a personne. Si ça se trouve…

Jeanjean chercha du courage dans une gorgée de bière.

— Tu sais, dit-il, un peu de mousse sur les lèvres, je t'ai toujours bien aimée. Je t'ai toujours trouvée super. Quand t'étais petite t'étais choucarde mais maintenant…

Jennie ne voulait pas entendre ça. Elle ne voulait pas que Jeanjean aille s'imaginer que…

— Si t'as pas de meuf, qu'est-ce que tu fais ? Tu te branles ? demanda-t-elle à la rigolade, pour couper court.

Jeanjean s'assombrit.

— Il y a une antiquaire à Gorges qui vient me chercher des meubles qu'elle refourgue ensuite comme d'authentiques antiquités aux rupins de Barbizon, bafouilla-t-il en baissant les yeux. C'est pas une jeunesse mais enfin, quand elle vient, elle prend ce qu'elle veut dans mon stock et moi je prends ce que je veux dans sa culotte…

— Tu te payes sur la bête ? ricana Jennie.

— Ouais, grommela Jeanjean, on peut le dire comme ça.

Jeanjean conduisit Jennie jusqu'à Gorges dans sa vieille camionnette. Il pleuvait en même temps qu'il faisait beau, l'automne se disputait avec l'été, l'été refusait d'abdiquer, l'hiver se tenait aux aguets. Averses et soleil.

— C'est le diable qui bat sa femme, fit remarquer Jennie, répétant ce qu'elle avait entendu sa mère rabâcher.

Elle appuya sa joue contre la vitre de la portière.

— Je n'aime pas les bagnoles, dit-elle, observant l'eau qui ruisselait sur le pare-brise.

— Si c'est pour ça que tu veux aller au garage, tu vas te faire recevoir, railla Jeanjean.

Jennie l'ignora, toute à ses pensées.

— En bagnole, on est seul et on est contre les autres. On se sent propriétaire. Propriétaire de son cercueil, mais propriétaire. Je suis contre la propriété.

— T'es anar ?

— Je ne suis pas anar, je réfléchis, c'est tout.

Ils arrivèrent à Gorges. Jennie empêcha Jeanjean de la déposer devant le garage. Elle préférait qu'il stationne dans une rue en retrait ; qu'il ne se montre à personne et ne bouge pas avant son retour.

— Tu veux te faire la caisse ? grasseya Jeanjean, partagé entre le rire et l'inquiétude.

Jennie répondit d'un baiser sur la joue, les yeux brillants.

— J'en ai pas pour longtemps... Après, si ça t'embête pas, tu me redéposeras au train. Faudra que je file dare-dare.

— Tu ne veux pas dormir là-haut ? J'ai du cassoulet et...

— T'es gentil, mais j'y tiens pas tellement.

— Comme tu veux !

Jeanjean tira une canette de bière de sous le siège.

— J'ai ce qu'il faut pour t'attendre. J'en ai toujours, des munitions, au cas où.

Jennie claqua la portière, tourna le coin en adressant un petit signe d'amitié à Jeanjean et, s'assurant qu'il ne la suivait pas, fila tout droit jusqu'au garage.

Une voiture démarra devant Jennie. Mikaël venait de servir un client, il avait pris un peu de brioche et perdu des cheveux, mais il était encore assez séduisant.

— Salut ! lança Jennie, s'approchant de lui alors qu'il raccrochait le tuyau de la pompe.

— Salut, répondit-il, tout sourire.

Il se repeigna comme il se repeignait souvent pour faire impression.

— Tu te souviens de moi ? demanda Jennie.
— Pardon ?
Elle lui tendit la main :
— Jennie, dit-elle en serrant la sienne.
— Mike. On se connaît ?
— On s'est connus aux autotamponneuses, à la fête…
— Ah ouais ? Ça ne me rappelle rien. Quand ?
— Le soir où ma mère est morte, tu voulais me baiser.
Mikaël blêmit. Il se souvenait, maintenant.
— Putain, c'était toi avec tous les gosses… souffla-t-il en avalant sa salive. Ça fait combien de temps ? Dis donc, t'as changé !
Puis, reprenant le dessus, avec morgue :
— Et je t'ai baisée ?
— Non, affirma Jennie. Pourtant tu nous avais trouvé une cachette super…
— La cabane près du chantier ?
— Oui. C'est là que ça devait se faire, mais ça ne s'est pas fait.
Mikaël hocha la tête, grimaçant.
— Tu ne sais pas ce que tu as raté !
Qu'est-ce qu'elle croyait ? Ce n'était pas la première ni la dernière qu'il avait emmenée dans la cabane du chantier. Pourquoi se le rappelait-elle comme ça ? Surtout s'ils n'avaient pas… À quoi bon remuer le passé comme de la vase ? Quelque chose lui disait que ça puait. Il n'avait pas l'intention de se faire chier longtemps avec les souvenirs à la con de cette

fille. Il n'en avait rien à foutre d'elle, de l'évocation du bon vieux temps, de tout ce qu'elle pouvait bien lui raconter...

— Excuse-moi, je n'ai pas le temps de discuter. Faut que je bosse. À un de ces quatre !

— T'as bien une minute, dit-elle, lui offrant son plus gracieux sourire.

— Quoi, encore ?

Jennie fronça le nez sans cesser de sourire :

— J'avais baffé ma sœur, tu te souviens pourquoi ?

— T'es gentille, concéda Mikaël, mais je n'ai pas la tête à jouer aux devinettes, je bosse, tu comprends ? Et, sincèrement, je m'en branle de ta sœur, de toi, des autotampons et de tout le reste. Si t'as envie de te raconter, écris un livre, j'en ai vu à la télé qui font ça et qui se gagnent un max de thunes. Surtout si c'est crade.

Jennie le força à la regarder en face.

— J'avais baffé ma sœur parce qu'elle avait menacé de balancer à ma mère que je t'avais ramené à la maison, expliqua-t-elle avec une lenteur calculée.

Mikaël l'envoya promener :

— Salut, j'ai rien à te dire.

Mais Jennie s'accrochait :

— À moi, c'est sûr, t'as rien à dire, sinon des conneries. Mais aux flics, t'avais à dire...

— Qu'est-ce tu veux que j'aille raconter aux flics ?

— Tu nous as balancés ! Et il n'y a rien de pire que de dénoncer quelqu'un !

— J'ai balancé personne !

— Ah oui ? Et comment ils nous ont trouvés dans la cabane ? Et pourquoi ils sont venus à ta place au chantier ? Et pourquoi ils nous ont embarqués ?

— Tu crois que t'aurais pu tenir, toute seule, là-bas, avec trois gosses ?

Mikaël s'était trahi. Il le comprit trop tard pour ravaler ses paroles.

— Tu vois, c'est toi qui nous as dénoncés, triompha Jennie dans un sourire.

— J'allais pas avoir des emmerdes à cause de toi. Kidnapping, tu sais dans les combien ça va chercher ?

— Tu nous as dénoncés, répéta-t-elle d'une voix ténue, presque mourante.

Mikaël s'emporta, vérifiant que personne ne les observait, d'autant que sa femme ne tarderait pas à revenir de l'école avec le petit.

— Tu m'emmerdes ! Barre-toi ! J'en ai rien à foutre de ton cul, ni de ta gueule ! Dégage ! Du vent !

— Moi si, dit Jennie, j'en ai à foutre.

Il se pencha vers elle, la poussant d'une pichenette pour la chasser, puis d'une autre.

— Quoi ? Tu veux rattraper le temps perdu ? Tu veux que je te baise ici, maintenant ?

— Regarde mes yeux, souffla Jennie sans bouger.

— Pff ! Pourquoi tu veux que je regarde tes yeux ?

— Qu'est-ce que tu vois ?

— T'es gogole ou quoi ?

— Regarde bien, insista-t-elle. Regarde et dis-moi ce que tu vois.

Mikaël haussa les épaules et grogna pour s'en débarrasser :

— Quoi, tu louches ?

Jennie vint tout près de lui, presque sous son nez.

— Regarde : j'ai de la haine dans les yeux. De la haine.

Mikaël ne comprenait rien à ce que lui débitait cette tarée. Il ouvrit la bouche mais il n'en sortit qu'une sorte de bredouillage un peu bête noyé dans de la salive. Il grommela quelque chose d'incompréhensible, comme un lavabo qui se vide, « haine mon cul, va te faire »... Jennie s'efforça de lui offrir une figure aimable. Elle s'excusa presque en lui annonçant timidement :

— J'ai quelque chose pour toi.

Mikaël disjonctait. Il n'avait qu'une envie, lui foutre son pied au cul et bonsoir, Clara ! Il s'énerva, faisant de grands gestes vers Jennie pour l'effrayer.

— Hein ? Quoi ? Qu'est-ce que t'as ? T'es encore là ? Je t'ai demandé de dégager. Qu'est-ce que tu vas encore me sortir ?

Mais Jennie ne broncha pas. Ne recula pas d'un pouce. Elle dit :

— Un truc, de la part de mes sœurs, mon petit frère et moi que tu as dénoncés aux flics...

Jennie porta brusquement la main gauche à la poche de son blouson. Elle sortit un poing américain, une arme qu'elle avait toujours sur elle quand elle traînait dans les squats. Mikaël ne vit pas le coup partir. Il n'eut pas le temps de se protéger. Jennie le toucha en pleine face, lui éclatant le nez comme un fruit trop mûr. Sonné, Mikaël recula en titubant, se cogna contre la pompe, vacilla d'avant en arrière, renversant un seau. Il dégoulinait de sang, bavait et râlait, le visage défait, sans pouvoir prononcer un mot, les bras ballants. Jennie profita de son avantage. Elle lui asséna un deuxième coup qui lui déchira la pommette droite et un troisième qui lui cassa trois dents de devant. Mikaël s'effondra sur le ciment, gémissant, une serpillière…

Jennie frappait, frappait encore, frappait toujours.

Pour finir, elle lui donna un méchant coup de pied dans le bas-ventre, un autre dans la tête et se sauva en courant.

Jamais Jeanjean ne conduisait aussi vite, surtout avec les flics qui… D'ailleurs il n'aurait jamais cru que sa vieille guimbarde pouvait aller à cette allure. Il était au pétard, le visage rouge, les yeux féroces, suant à grosses gouttes, la morve au nez.

— Bordel de merde, Jennie, tu te rends compte de ce que t'as fait ? T'es dingue !

Jennie ne décolérait pas non plus :

— Ne me fais pas chier, fonce !

— C'est pas la peine qu'on se tue, plaida Jeanjean, levant le pied. De toute façon, c'est trop tard pour ton train !

— J'ai été conne, j'aurais dû lui défoncer la gueule tout de suite, sans discuter. Mais il fallait qu'il sache.

— Qu'il sache quoi ?

— Que c'est à cause de lui que j'ai été séparée de mes bébés et que je me traîne une vie de merde !

Jeanjean se tut, comme étouffé par son propre poids.

L'histoire était assez moche pour ne pas la remettre sur le tapis. C'est vrai qu'après la mort d'Olga et de Slimane les services sociaux avaient proposé à sa mère de s'occuper des enfants. Mais la grosse Amandine n'en avait rien à battre de ces mômes qui n'étaient pas les siens. Même Malorie, sa nièce, elle ne voulait pas s'en occuper. Pour elle, ce n'était que de la racaille, des étrangers, sûrement pas des membres de sa famille. Elle avait tout refusé en bloc et Jennie, Malorie, Hakim, Saïda avaient été dispersés aux quatre coins de la France, sans que jamais elle ne s'inquiète de leur sort. Elle avait vite fait une croix dessus, trop heureuse de récupérer la maison de son frère. Une maison qu'elle espérait vendre pour s'acheter un joli petit pavillon en banlieue ou même mieux, une villa dans une station balnéaire, comme elle disait.

La maison de Mike se révéla invendable et les rares visiteurs repartirent en vitesse, sans jamais donner suite. Sans compter qu'Amandine découvrit qu'elle ne pouvait pas faire ce qu'elle voulait. Comme elle avait refusé de prendre en charge Malorie, un tuteur avait été nommé ; il s'opposa à toute vente du bien pour défendre les intérêts de la fillette, seule légitime propriétaire à sa majorité. En revanche, il accepta que Jeanjean occupe la baraque à titre gracieux, afin qu'elle ne soit ni squattée ni vandalisée, en échange de quoi il s'engageait à l'entretenir.

Cela faisait près de sept ans que Jeanjean en avait pris possession et il n'avait pas la moindre intention de la restituer un jour à Malorie, ni de lui verser la moindre somme.

Il était trop tard pour que Jennie attrape le dernier train et Jeanjean ne se sentait pas de tailler la route avec son tas de ferraille. Jennie passerait la nuit à la maison et s'en irait le lendemain à la première heure.

Ils mangeaient en silence le cassoulet que Jeanjean avait réchauffé quand ils entendirent une voiture arriver.

— Va te planquer, c'est les flics ! dit Jeanjean en se levant.

Il avait reconnu le break de la gendarmerie.

Jennie emporta son assiette, ses couverts et fila se cacher dans les toilettes, de l'autre côté du couloir. Elle laissa la porte entrouverte pour écouter. Les gendarmes connaissaient Jeanjean. Ils le tutoyaient.

— Tu connais une dénommée... Jacobs ?

Jeanjean fit l'idiot, s'essuyant la bouche avec un torchon à grands carreaux.

— Jacob, rabbi Jacob ?

— Jacobs. Jennie Jacobs...

Jeanjean siffla d'étonnement, bien sûr qu'il la connaissait, ah oui, mais oui, Jennie...

— Je ne sais pas, ça doit bien faire dix ans que je ne l'ai pas vue ! Elle habitait là avant, avec mon oncle. Mais depuis...

Il se tourna vers l'intérieur :

— Je vous offre un petit quelque chose ? J'étais en train de manger...

Les gendarmes ne voulaient rien boire.

— Tu ne sais pas où est cette fille ? demanda le plus vieux, cherchant à jeter un coup d'œil dans la cuisine par-dessus l'épaule de Jeanjean.

— Comment voulez-vous que je le sache ?

— Tu ne l'as pas croisée aujourd'hui ?

— Aujourd'hui ? Pas depuis dix ans, je vous dis, c'était une gamine à l'époque. Je la verrais, je ne suis même pas sûr que je la reconnaîtrais !

Et, l'air concerné :

— Qu'est-ce qu'elle a fait ? demanda-t-il en reniflant.

Le plus jeune des deux expliqua :

— Elle a défoncé la tête du garagiste, à Gorges. Il est à l'hosto.

— Elle s'est barrée avec la caisse ?

— Même pas. Non, elle lui a juste défoncé la tête.

— Comme ça ?

— Oui, comme ça.

Jeanjean tira le cou, il ne comprenait pas ; oui, il aurait bien aimé comprendre pourquoi on défonce la tête d'un type, comme ça, juste pour lui défoncer la tête.

— Et lui, il vous a expliqué pourquoi ?

— Non, il était à moitié dans les vapes. Il a juste pu dire qu'avant elle habitait ici…

Jeanjean s'appuya au chambranle.

— Vous êtes sûrs que vous ne voulez pas boire une bière ? J'en ai au frais.

— Non. Faut qu'on continue…

— C'est pas joli-joli ce qu'elle lui a fait au garagiste, soupira le plus vieux, en regardant ses

Jeanjean secoua la tête, une sorte de terreur gazeuse l'asphyxiait. Il ne fallait pas lui demander ça. Il ne pouvait pas... Ça ne pouvait pas se dire. Il n'aurait jamais dû...

— Parce que Olga, ta mère, est tombée enceinte, finit-il par avouer, essuyant ses mains moites de transpiration sur les jambes de son bleu.

— Enceinte de qui ? De lui ? De son frère ?

— Oui, de lui. C'était trop dur à porter, il a préféré se foutre en l'air.

Jennie refusait de comprendre. Ce n'était pas possible, elle ne pouvait pas y croire, c'était impossible, impensable. Elle laissa le cliché lui échapper des mains.

— Tu veux dire que c'est lui, mon père ? bredouilla-t-elle. Que c'est pour ça que ma mère n'a jamais rien voulu me dire ?

— Ta mère a beaucoup souffert.

— Et moi, je n'ai pas souffert ?

Comme convenu, Jennie rentra chez elle par le premier train du matin.

Jeanjean l'accompagna jusqu'à la gare sans un mot, sans une réflexion ni un commentaire. Ils s'assurèrent qu'il n'y avait pas de gendarmes à l'affût dans les parages et se séparèrent sur le quai, s'embrassant quatre fois sur les joues, certains l'un et l'autre qu'ils ne se reverraient jamais.

Jennie avait emporté la photo de sa mère et de son frère. Elle était la fille d'un mort qui ne l'avait jamais vue, qui ne l'avait pas tenue dans ses bras, même ne chaussures. Tout, les dents, les arcades, le nez… De la bouillie. Il a les couilles comme des ballons de foot.

— Ah oui, c'est moche, compatit Jeanjean. Mais vraiment, je ne vois pas ce que je peux faire pour vous…

Il se décolla de la porte.

— Je vous souhaite bon courage, les gars ! Et si vous n'avez plus de questions, j'y retourne, sinon ça va refroidir…

Le plus jeune des deux gendarmes le retint. Il n'avait plus de questions mais des recommandations précises à formuler.

— Si elle se pointait ici, faudrait nous prévenir, Jeanjean. Et fissa. Tu sais qu'on a toujours sous le coude…

Jeanjean l'empêcha de rappeler qu'il était impliqué dans une affaire de recel de plomb volé.

— Je sais, dit-il. Vous pouvez compter sur moi. Mais ça m'étonnerait qu'elle ramène sa fraise. Pour elle, ici, il n'y a que des mauvais souvenirs…

Jeanjean occupait l'ancienne chambre de Jennie et Malorie, Jennie devrait dormir dans celle qui donnait de l'autre côté ; celle qui – avant – était la chambre de sa mère. Le lit était toujours là, mais remisé dans un angle de la pièce ; une pièce débordante de buffets, d'armoires, de commodes, de tables plus ou moins grandes, de chaises encastrées les unes dans les autres, de fauteuils dépareillés, de lampadaires, de porte-journaux, stockés dans le plus grand désordre.

— C'est ma réserve, s'excusa Jeanjean, allumant l'ampoule nue pendue à un fil qui, seule, servait d'éclairage.

Jennie reconnut sur le haut d'une armoire, entre un tas de valises poussiéreuses, le gros chien jaune qu'Hakim avait gagné à la fête foraine.

— Ça ira, dit-elle, en prenant une grande inspiration pour ne pas s'évanouir de tristesse. Ce n'est que pour une nuit.

Elle avait hâte de se coucher, de fermer les yeux, de ne les rouvrir que le lendemain à l'aube et de fuir le plus loin possible. Elle aida Jeanjean à débarrasser une pile de cartons à dessin posés sur le couvre-lit, des photos encadrées, des huiles peintes par des amateurs. Soudain, elle reconnut sa mère jeune sur un cliché, à côté d'un adolescent élégant qui la tenait par le cou et la regardait avec amour.

— Qui c'est, celui-là ? demanda-t-elle.

— Tu ne le reconnais pas ?

— Je devrais ?

Jeanjean s'esclaffa :

— T'es vraiment bigleuse ! Regarde bien, c'est ton oncle !

— Mike ?

— T'es con : ton oncle.

— Mon oncle ? J'ai pas d'oncle.

— Et comment t'appelle le frère de ta mère, banane ?

Jennie haussa les épaules.

— Ma mère n'avait pas de frère.

— Tu me charries ? Ne me raconte pas que t'es pas au courant ?

— De quoi je devrais être au courant ?

Jeanjean ne savait plus si c'était du lard ou du cochon :

— Tu me charries ? répéta-t-il d'un ton plus grave.

— Je suis crevée, soupira Jennie, faut que je me couche. Alors, s'il y a quelque chose que je dois savoir, c'est maintenant, tout de suite.

Jeanjean se gratta l'oreille, mal à l'aise.

— Si t'es pas au courant, je ne sais pas si je dois te le dire...

Jennie serra le poing.

— Tu veux que je t'en colle une aussi ?

— Te fâche pas, protesta Jeanjean qui savait qu'elle ne plaisantait pas. Je disais ça comme ça. C'est pas facile à dire.

Jennie se radoucit :

— Essaye, pour me faire plaisir.

— Bon, ben voilà, commença Jeanjean, passant d'un pied sur l'autre. Le frère de ta mère, Titus, je crois, eh bien, il s'est suicidé. Il n'avait pas dix-sept ans...

— Ah ? souffla Jennie. Suicidé ? Merde, maman a dû être sacrément triste...

Elle regarda la photo.

— Ils avaient l'air de drôlement s'aimer.

— C'est pour ça qu'il s'est suicidé, avoua Jeanjean, se caressant nerveusement le menton où sa barbe le grattait autant que les poils dans ses oreilles.

— Parce qu'ils s'aimaient ?

serait-ce qu'un instant avant de disparaître. Ses yeux allaient du visage d'Olga à celui de ce jeune homme tout juste sorti de l'adolescence qui était son père. Jennie trouvait qu'elle lui ressemblait plus qu'elle ne ressemblait à Olga. Son sourire était le sien, ses yeux portaient le même éclat de tristesse rageuse qu'on pouvait lire dans son regard. Il y avait même un je-ne-sais-quoi de féminité dans son attitude. Pourquoi avait-il fallu qu'il se tue ? Jennie était certaine qu'elle l'aurait aimé, qu'elle l'aurait compris, peut-être même consolé. S'assurant que personne ne pouvait la voir, Jennie posa délicatement ses lèvres sur la photo et embrassa les amoureux l'un après l'autre…

Dès qu'elle fut à Paris, Jennie monta dans sa chambre du Palais de la Femme en passant par les cuisines et l'escalier de secours à l'arrière du bâtiment, pour être sûre de ne croiser personne, de ne pas se faire voir.

Tous ses habits tenaient dans un sac de sport. Il ne fut pas long à remplir.

Elle glissa ses économies dans la poche secrète de son blouson, cadenassée par une solide fermeture Éclair. Jennie avait beaucoup d'argent de côté, plus de trois mille euros en liquide qu'elle cachait dans le cartonnage d'un vieux dictionnaire offert par Augustin.

Ce ne serait pas de trop pour ce qu'elle avait à faire.

Jennie descendit en train à Montpellier.

Elle laissa son sac à la consigne et, n'emportant que le strict minimum, elle se débrouilla pour rallier

Palavas où les parents de Jeanjean avaient en gérance un camping trois étoiles en bord de mer, le Palace Palavas Club Camping. Elle traîna d'abord un peu autour, n'osant trop s'approcher de peur d'être reconnue malgré des lunettes de soleil qui lui mangeaient le visage. Puis elle s'enhardit et profita d'une bande de jeunes Allemands pour entrer avec eux. Ils l'accueillirent bruyamment, trop heureux de tenir compagnie à une *schöne Maid*. Une bière, deux bières, trois bières, la glace fut vite rompue et Jennie, en maillot de bain, une casquette en éponge vissée sur la tête, sa main dans la main d'Herman, s'approcha comme n'importe quelle touriste anonyme du bureau du camping. C'était une maison plate, en dur, qui faisait épicerie, papeterie, journaux et surtout bar. Max, bronzé, vieilli, en chemise hawaïenne, servait au comptoir, parlant fort, riant gras. À l'intérieur, Jennie reconnut sans peine la grosse Amandine, encore plus grosse que dans ses souvenirs, une baleine informe échouée derrière une table en verre couverte de prospectus touristiques, de formulaires d'entrée, de réclames pour des soirées karaoké. Elle s'offrit le luxe de lui acheter une carte postale et de la remercier d'un « *danke* » qui fit à peine lever la tête à sa « tante ». Jennie sortit, pensant méchamment que le soleil s'arrêterait dans sa course s'il se trouvait encore quelqu'un pour avoir envie de faire « l'inventaire » avec ce gros tas.

Augustin lui avait montré en DVD un film sur Bertha Boxcar, une révolutionnaire américaine qui « voulait manger le pain de sa colère, boire l'alcool brûlant de sa révolte » en lui disant qu'elle aurait pu tenir le rôle. Il avait raison. Jennie voulait manger le pain de sa colère contre la grosse Amandine et son Max, boire brûlant l'alcool de sa révolte, leur faire connaître les feux de l'enfer pour avoir volé sa vie, celle de sa mère et de tous ceux qu'elle chérissait.

Max et la grosse Amandine habitaient à cinq cents mètres du camping, dans une grosse villa moderne, crépie en rose, entourée d'un muret bas qui cernait une pelouse famélique. Ils quittaient leur travail à vingt heures environ et n'y revenaient que le lendemain matin vers neuf heures, relayés dans l'intervalle par les gardiens de nuit.

Jennie prétexta une envie de se promener, de flâner dans la campagne, de prendre l'air, pour emmener Herman faire le tour de la maison de la grosse Amandine. Herman faisait des études musicales, il voulait être compositeur comme son grand-père, jouait du piano, de la guitare. Il avait adapté et mis en musique quelques vers d'Anna Akhmatova qu'il chanta en français sur la route :

> *Tu es toujours mystérieuse et nouvelle*
> *Je suis chaque jour plus docile*
> *Mais mon amie ton amour*
> *Est une épreuve par le fer et le feu*[1]...

---

1. D'après un poème d'Anna Akhmatova, in *Poème sans héros*, traduit par Jeanne et Fernand Rude, Paris, Maspero, 1982.

Jennie l'écouta raconter l'histoire de sa famille qui venait d'un petit village, Schabbach, dans le Hunsrück. Elle se laissa embrasser autant qu'il voulut et l'embrassa, observant méticuleusement la maison pour vérifier qu'il n'y avait ni chien, ni caméra de surveillance, ni alarme. À un moment, la grosse Amandine sortit secouer une nappe, sans prêter attention à ce couple de jeunes si tendrement enlacé. Un peu plus tard, ce fut Max qui vint fumer un cigarillo devant la maison...

Jennie en savait assez.

Elle passa la nuit avec Herman et s'offrit une journée de plage le lendemain. Vers trois heures, Jennie s'absenta, prétextant d'avoir à faire des courses « de fille » pour décourager le jeune homme de l'accompagner. Et, dans la nuit qui suivit, laissant Herman endormi, rompu d'amour, elle quitta le camping par une petite grille facile à escalader, juste derrière la piscine. Vêtue d'ombre, elle se faufila derrière la villa de la grosse Amandine et de son mari. Elle vérifia une fois encore qu'il n'y avait ni chien ni caméra et se glissa entre les haies où, dans l'après-midi, elle avait dissimulé deux gros jerricans d'essence.

Le premier fut déversé sur la voiture du couple, une CX gris métallisé.

Le second servit à arroser toute une partie de la maison, les volets, les portes.

Jennie avait passé assez de temps dans les squats pour savoir confectionner des cocktails Molotov. Elle en avait préparé deux qu'elle lança sans hésiter quand elle se trouva suffisamment loin de ses cibles pour être sûre de ne pas être brûlée.

Le premier explosa sur la voiture, le second sur la façade.

L'incendie fut immédiat.

Ce ne fut pas les feux de l'enfer, mais presque. Le temps que l'alerte soit donnée, que les pompiers arrivent, la voiture n'était plus qu'un tas de ferraille carbonisée et la maison était à moitié détruite. L'intervention des secours détruisit l'autre moitié, noyant ce qui restait sous des torrents d'eau, abattant d'urgence tout ce qui risquait de s'effondrer.

Au matin, il ne restait plus rien à la grosse Amandine et à Max. Ils avaient sauvé leur peau, mais c'était tout. Ils étaient là, hébétés, cramponnés l'un à l'autre, elle en chemise de nuit enveloppée dans une couverture de survie, lui en pantalon de pyjama, une veste de pompier sur les épaules. Parmi les curieux qui se pressaient sur les lieux du sinistre, Jennie pensait avec satisfaction, *comme ça, nous sommes à égalité.*

Deux jours plus tard, Jennie arriva à Avignon...

De là, elle prit le bus jusqu'à Sorgues où habitaient les Henri, qui avaient recueilli Saïda et Hakim. Le voyage lui parut long, le bus étant, comme disait Augustin, « direct entre les stations ».

En début d'après-midi, sous un ciel bleu limpide, les rues de Sorgues étaient désertes.

Jennie se perdit un peu avant de trouver le 26 de la rue du Docteur-Decques. La maison était au fond du jardin, derrière une porte en fer rouge. Une bâtisse en meulière d'un étage, banale mais ravissante, plantée au milieu d'un bouquet d'abricotiers, de pêchers, de cerisiers, de plantes et de fleurs. Une nature sauvage, exubérante qu'aucun jardinier ne venait tailler ni nettoyer. Un petit paradis. Jennie parcourut l'allée sableuse pleine de l'odeur lourde et sucrée qui montait de la terre, dans le bourdonnement des insectes et le vol des papillons. Une femme d'une cinquantaine d'années, un peu forte, habillée d'une simple blouse mauve en coton sans rien en dessous, vint à sa rencontre.

Elles se jaugèrent avec une antipathie réciproque.

— Madame Henri ?
— Oui, vous désirez ?
— Bonjour. Je suis Jennie, la grande sœur de Saïda et d'Hakim…

La femme laissa échapper un petit cri de surprise qu'elle étouffa en plaquant sa main sur sa bouche. Elle se reprit. Les yeux fureteurs, elle dévisagea Jennie comme si elle doutait de son identité.

— C'est vous, les cartes ?
— Oui, c'est moi. Ils sont là ?

La femme se tourna vers la maison, invitant Jennie à la suivre.

— Entrez. Entrez, je vous en prie. Je vais vous appeler Sophie, dit-elle, se forçant à être aimable. Elle est dans sa chambre.

— Sophie ?
— On a changé son prénom quand on l'a adoptée, avoua la femme, en s'arrêtant sur une des marches du

perron. Saïda, c'était joli, mais Sophie c'est aussi joli et quand même moins marqué.

— Et Hakim ?

La femme s'effaça pour laisser passer Jennie :

— Entrez, je vous en prie, insista-t-elle, étrangement émue.

Jennie alla s'asseoir dans la cuisine tandis que la femme criait dans le couloir en direction de l'étage :

— Soso ! Soso, descends ! Viens vite, ma Soso, il y a une surprise !

Puis, prise soudain d'une activité fébrile, elle marcha, tourna autour de la table, l'essuya, fit couler de l'eau dans l'évier.

— Vous devez avoir soif, dit-elle d'une voix précipitée en ouvrant le frigo. J'ai de la citronnade maison. Je vous en sers ?

— Je veux bien, merci.

La femme sortit deux grands verres bleus et des bugnes parfumées à la fleur d'oranger qu'elle versa dans une assiette creuse.

— Servez-vous, je vous en prie, mangez. Mangez ! C'est tout fait maison !

Elle s'agitait, répétant :

— Mangez, n'hésitez pas, allez-y, il y en a d'autres, mangez.

Jennie était aussi nerveuse qu'elle. Par politesse, elle croqua une bugne, avala une gorgée de citronnade, remerciant la femme d'un sourire muet ; puis elle prit rapidement une autre bugne, une troisième, but une autre gorgée pour éviter d'avoir à parler.

— Essuyez-vous, vous vous êtes fait des moustaches, dit Mme Henri, tendant un torchon à Jennie.

Jennie retira le sucre glace qui ornait sa lèvre supérieure.

Brusquement, une cavalcade dans l'escalier lui fit dresser l'oreille. Une voix enfantine annonça, chantonnant et riant :

— J'arrive, me voilà, attention !

Ses pas claquaient sur le carrelage. Saïda se précipita dans la cuisine, s'arrêtant net lorsqu'elle découvrit que la surprise était Jennie.

Jennie avait quitté un nourrisson dans les langes, elle retrouvait une fillette ronde, toute brune, avec un petit visage pointu, vêtue d'un short blanc et d'un T-shirt rose sur lequel on pouvait lire *Love* en lettres brillantes. Elle se leva pour embrasser la gamine qui se laissa faire, un peu raide, un peu inquiète, sur ses gardes, se demandant ce que cette grande fille pouvait lui vouloir.

— Je suis ta sœur, expliqua Jennie avec toute la douceur dont elle était capable. C'est moi qui t'envoie toujours des cartes pour ton anniversaire et pour Noël… Tu les as reçues ?

— Oui, madame, répondit machinalement Saïda, jetant un regard vers la femme qui frottait ses mains l'une contre l'autre, sans raison apparente.

Saïda avait l'accent du Midi. Cela surprenait et ravissait Jennie. Elle lui sourit.

— Ne m'appelle pas « madame », je suis Jennie, ta grande sœur, insista-t-elle. La dernière fois qu'on s'est vues, tu étais un tout petit bébé…

Jennie ferma les yeux un instant, revoyant le jour où...

— Je suis bête ! Tu ne peux pas t'en souvenir...

— Non.

— Et Hakim, il est où ?

Saïda demanda d'une voix geignarde :

— Maman, je peux remonter jouer ?

La femme attira la fillette contre elle, comme pour s'en faire un rempart.

— Olivier... Hakim nous a quittés, dit-elle, étouffant un sanglot.

— Il est parti ?

— Il s'est noyé l'année dernière et mon mari s'est noyé avec lui...

La femme ne put se retenir plus longtemps.

— Excusez-moi, excusez-moi, balbutia-t-elle, léchant ses larmes autour de sa bouche.

Les joues brûlantes, la gorge sèche, Jennie demanda timidement, mais l'esprit clair :

— Il s'est noyé comment ?

La femme déglutit et articula avec peine, comme si chaque mot était une dent qu'on lui arrachait.

— Ils sont allés pêcher dans le Rhône avec mon mari. On ne sait pas ce qui est arrivé. On a d'abord retrouvé le Zodiac retourné et eux, deux jours plus tard...

Elle pleurait sans retenue maintenant, serrant Saïda toujours plus fort contre elle. La petite fille, rouge d'émotion, ne quittait pas Jennie des yeux, le regard fixe, la bouche pincée.

— C'est vrai que t'es ma sœur ? demanda-t-elle avec agressivité.

Elle avait des bagues sur les dents. Jennie écarta les mains, un geste qui signifiait « oui, je suis ta sœur, c'est comme ça »...

— Tu me montres ta chambre ? proposa-t-elle à la gamine qui la dévisageait toujours.

Elle voulait échapper d'urgence à cette cuisine aux volets clos, à cette femme qui transpirait, qui pleurnichait encore, qui se racontait on ne sait quoi, laissant échapper des petits « oui... oui... oui... », comme des pets. D'ailleurs la femme ne demandait pas mieux que de les voir débarrasser le plancher.

— Oui, répéta-t-elle encore, les bras croisés sur le bourrelet de son ventre, allez-y, allez-y. Vas-y Soso, montre ta chambre à...

— Jennie, dit Jennie.

— Jennie qui a du génie ! essaya de plaisanter la femme, mais sa remarque se noya dans ses larmes et, d'un geste énervé, elle ordonna aux filles de fiche le camp.

Jennie et Saïda montèrent à l'étage par un escalier en pierre trop large, trop grand, démesuré pour cette maison. Une folie ou une erreur d'architecte. La chambre de Saïda était la première en haut, à droite, juste en face des toilettes et de la salle de bains. C'était une vaste pièce aux murs peints en ocre, tapissée de posters de chanteurs, de personnages de dessins animés et de photos de mode. Elles restèrent un instant plantées au milieu, ne sachant quoi dire, ni faire, puis Jennie se décida à s'asseoir sur le lit et fit signe à Saïda de venir près d'elle.

— Quand tu étais bébé, dit-elle, je m'occupais de toi tout le temps comme je m'étais occupée de Malorie...

— De qui ?

— Malorie, notre autre sœur...

Jennie tourna la tête vers la porte :

— La dame ne t'en a jamais parlé ?

— Maman ? Non.

— Tu l'appelles « maman » ?

— Comment tu veux que je l'appelle ? C'est ma maman...

Jennie réfléchit un instant :

— Oui, tu as raison, ici c'est ta maman, dit-elle pour ne pas la brusquer. Mais tu as eu une autre maman, celle qui t'a mise au monde...

— Je sais, admit Saïda, renfrognée. Je suis une « adoptée », maman m'a tout expliqué. Mais je m'en fous. Et Olivier aussi, il s'en foutait. Il était super content d'être ici et moi aussi je suis super contente.

Jennie serra les dents ; pour elle Hakim ne serait jamais « Olivier » et Saïda n'était pas « Sophie ».

— Ton papa, ton vrai papa, s'appelait Slimane, c'était un monsieur très gentil qui m'aidait à faire mes devoirs quand j'avais un peu plus que ton âge...

Saïda haussa les épaules, peu lui importait ce « Slimane », ce qu'il faisait, ce qu'il racontait. Elle ne savait pas qui il était et ne voulait pas le savoir.

— Notre maman, continua Jennie avec patience, parce que toi et moi nous avons la même maman, était très belle et très douce. Elle t'embrassait tout le temps ! Tu étais son petit trésor. Tu veux que je te montre une photo ?

— T'en as ? demanda Saïda, qui s'embêtait.

Jennie sortit la photo de son sac. Elle posa son pouce sur le visage de son oncle pour ne montrer que celui d'Olga.

— Elle était belle, non ?

Saïda regarda à peine la photo et s'en détourna comme si c'était une image inconvenante.

— Tu vas rester ici ? lança-t-elle à Jennie, avec un regard en biais et une grimace d'inquiétude.

Le courant ne passait pas. Jennie prit la main de Saïda dans la sienne.

— Il y a une chose que notre maman voulait très fort. Un rêve, un vœu qu'elle avait fait : qu'on aille à la mer avec elle, toi, moi, Hakim et Malorie. C'était ça qu'elle voulait, pour ça qu'elle économisait. Elle n'a pas eu le temps de réaliser son rêve, alors moi je veux le faire pour elle.

— Tu veux aller là-bas ?

— Oui et je veux t'y emmener avec Malorie, entre filles, puisque Hakim n'est plus là...

Saïda croisa ses bras sur sa poitrine, boudeuse.

— J'ai pas envie d'aller à la mer ! grogna-t-elle. J'y vais tout le temps en été, chez Dady et Dadou, ils ont une maison à Agay...

— On pourrait bien s'amuser toutes les trois, insista Jennie.

— Je ne la connais pas, l'autre...

— Malorie, c'est un sacré numéro ! Tu verras. Elle a quatorze ans maintenant... Et quand nous serons...

Saïda se leva d'un bond, sans prévenir, et se dirigea vers la porte.

— Tu vas où ? demanda Jennie, qui voulait lui dire que...

— Faire pipi ! répondit la fillette en lui tournant le dos.

Seule dans la chambre, Jennie laissa son regard vagabonder sur le bureau d'écolière trop bien rangé de Saïda, les classeurs alignés sur la tranche, les crayons dans un verre, les stylos dans un autre, les gommes, le compas, trois règles, les cahiers entassés sur le sous-main en buvard... Il y avait aussi toute une collection de vêtements accrochés à un portant comme dans une boutique de mode et des photos encadrées posées sur la commode rose au milieu d'une collection de poupées.

Jennie se leva pour les voir de près.

C'étaient des photos de vacances, des photos de famille où elle reconnut Saïda et Hakim à différents âges, dans différents endroits, à la crèche, à l'école, en vacances. Hakim tout nu était toujours le gros pépère que Jennie avait aimé, souriant, heureux de vivre, une friandise à la main ou attablé devant une assiette. Les yeux de Jennie ne trahissaient aucune émotion. Pourtant elle avait le sentiment que son cœur s'était arrêté de battre, que son sang ne circulait plus dans ses veines, n'irriguait plus son cerveau, devant ces photos des années qu'on lui avait volées. Jennie aurait dû pleurer. Pourquoi ne pleurait-elle pas ? Pourquoi les larmes ne sortaient-elles jamais de ses yeux et restaient en elle, lourdes comme du mercure ?

Saïda ne revenait pas.

Jennie quitta la chambre. Elle traversa lentement le palier. L'escalier lui parut comme un gouffre, une plaie béante. Elle s'en écarta et colla son oreille à la porte de la salle de bains.

— Saïda ?

Pas de réponse.

Jennie répéta « Saïda » mais, comme seul le silence lui répondait, elle ouvrit. Saïda était assise sur les toilettes, le short aux genoux, le visage plein de larmes, le pouce enfoncé dans la bouche.

— Va-t'en ! cria-t-elle. Je ne veux pas te voir, va-t'en ! T'es pas ma sœur ! T'es pourrie !

— Saïda…

— Sophie, je m'appelle Sophie ! Je m'en fous, de toi ! T'es moche, ta mère aussi, va-t'en, laisse-moi ! Maman ! Maman !

La femme arriva en soufflant, alarmée. Ses seins ballottaient sous la blouse, elle avait des traces douteuses sous les aisselles, les cheveux en bataille. Elle sentait la bière.

— Qu'est-ce qui se passe ? demanda-t-elle, se recoiffant avec ses doigts.

— Elle veut m'emmener ! gémit la fillette.

La femme se tourna vers Jennie.

— Vous voulez l'emmener ?

— Je veux l'emmener à la mer.

— Il n'en est pas question !

— Calmez-vous, tempéra Jennie qui elle aussi commençait à s'échauffer. Je veux faire ce que notre mère avait promis que nous ferions ensemble : voir la mer au pied des falaises d'Étretat. Juste ça. Je dois aller chercher Malorie, notre autre sœur, et nous pourrions y aller toutes les trois...

— Je ne veux pas y aller ! beugla Saïda en se levant d'un bond.

— Cache ta boutique ! ordonna la femme, voyant que Saïda restait les fesses à l'air, sanglotant.

Et, allant reculotter sa fille qui pleurait dans ses mains, à Jennie :

— Mademoiselle, je crois qu'il vaudrait mieux que vous partiez. C'est très aimable d'être venue mais Sophie ne tient pas plus que ça à ce que vous restiez. Et encore moins à ce que vous l'emmeniez. Ce qui, je vous le précise au passage, n'est pas envisageable et ne le sera jamais. Je ne vous en donnerai jamais l'autorisation.

— C'est ma sœur ! protesta Jennie.

La femme répliqua, pressant Saïda contre sa poitrine.

— C'est d'abord ma fille. Elle a grandi ici, elle vit ici, elle porte mon nom. Le reste ne compte pas.

Jennie s'approcha d'elle :

— Si vous étiez un homme, dit-elle d'une voix rauque, je vous défoncerais la tête.

— Quoi ?

— Saïda est peut-être votre fille pour la loi, mais dans sa chair elle est celle d'Olga Jacobs qui l'a mise au monde, qui a eu quatre enfants et dont la vie et la mort comptent plus que la vôtre. Plus que votre ventre vide et vos mamelles sèches !

— Foutez le camp !

— Et votre putain de mari qui a tué Hakim, il ne valait pas mieux ! cria Jennie, crachant aux pieds de la femme.

— Dehors ! Petite salope ! Petite…

La femme voulut pousser Jennie hors de la salle de bains mais Jennie l'écarta brutalement.

— Toi, petite conne, dit-elle attrapant Saïda par son T-shirt, tu ne sais pas ce que j'ai enduré pour arriver jusqu'ici, ni ce qu'il a fallu que je fasse. Alors que ça serve au moins à quelque chose. Un jour ça te reviendra dans la gueule : tu t'appelles Saïda et tu es la fille de Slimane Aziz et d'Olga Jacobs qui t'aimaient autant que je t'aime !

Et, d'un coup sec, elle déchira le T-shirt et le jeta dans les toilettes. Le mot « Love » surnagea un instant avant qu'elle tire la chasse.

Il fallut du temps, beaucoup de questions et un peu de chance pour que Jennie trouve le caveau de famille des Henri, au cimetière d'Avignon, sur l'île de la Barthelasse. Un vieil homme fit le galant et la conduisit jusqu'à l'endroit où Hakim était enterré. Ce n'était pas un caveau monumental mais une grosse tombe en pierre blanche, sans médaillons, sans fleurs. Sur une feuille de marbre on pouvait lire le nom des grands-parents, d'un oncle mort à vingt ans, celui du mari noyé et en dernier *Olivier Henri 2001-2009*. Le vieux beau prévint Jennie que le cimetière fermait une demi-heure plus tard et la laissa se recueillir.

— Attention de ne pas rester prisonnière, ma belle !
— Vous seriez obligé de venir me délivrer ?
— Ne me tentez pas !
— Je n'en ai pas pour longtemps, murmura Jennie, tête baissée, insondable, les mains croisées devant elle.

L'homme s'éloigna en lui adressant un petit salut en forme de révérence.

Jennie attendit qu'il fût assez loin et tira de son sac un gros feutre noir. Puis, sans hésiter, elle barra l'inscription sur le marbre et écrivit à la place : *Hakim Aziz 2001-2009*. Et, d'un coup de pied, elle renversa la croix qui surplombait la tombe.

Jennie et Quincy n'auraient jamais dû se rencontrer. Le hasard les plaça l'un en face de l'autre dans le TGV pour Lyon.

Depuis longtemps Quincy avait appris à être seul et à se taire. D'autant plus seul qu'il voyait le monde comme personne d'autre ; comme tous ceux qui avaient été dans la classe de M. Abel, son instituteur en CM2.

M. Abel avait marqué tous les enfants dont il avait eu à s'occuper. Chaque matin, avant de commencer ses cours, l'instituteur lisait à voix haute un passage de l'*Histoire de la Révolution française* de Michelet. Robespierre parlait par sa voix : « La vertu ne fut-elle pas toujours une minorité sur la terre ? Et n'est-ce pas pour cela que la terre est peuplée d'esclaves et de tyrans ? » ; et Danton : « Il s'agit bien de comédie ! Il s'agit de la tragédie que vous devez aux nations ; il s'agit d'un tyran dont nous allons faire tomber la tête sous la hache des lois » ; et Saint-Just : « Le bonheur est une idée neuve en Europe » ; et tous les autres révolutionnaires dont les paroles résonnaient encore chaque jour dans la tête de Quincy. M. Abel ne faisait pas de commentaire, il ne posait pas de questions, ne donnait pas de devoirs à faire à la maison. Chacun restait sous le choc de ce qu'il venait d'entendre, obligé d'y réfléchir par lui-même, sans maître à penser ni directeur de conscience. Tout l'enseignement de M. Abel reposait sur ce principe : ne pas accumuler les savoirs inutiles mais apprendre à réfléchir, à analyser, à se forger une opinion personnelle.

À l'enterrement de sa mère, Quincy avait eu la surprise de voir arriver M. Abel. Comment le vieil homme avait-il su ? Pourquoi était-il là ? M. Abel lui avait adressé un petit signe de tête et était resté debout, les yeux perdus, ne semblant voir ni entendre personne, pendant que Quincy lisait, en hommage à la morte, ces vers de Roger Gilbert-Lecomte :

> *Je viens de loin de beaucoup plus loin*
> *Qu'on ne pourrait croire*
> *Et les confins de nuit des déserts de la faim*
> *Savent seuls mon histoire*[1]

---

1. « Testament », *Œuvres complètes*, Paris, Gallimard, 1977.

Après la cérémonie, quand ils étaient sortis du crématorium, M. Abel avait pris Quincy par le bras pour l'accompagner jusqu'à la porte du cimetière. L'instituteur se tenait encore droit, même s'il ne marchait plus comme avant. En tout cas, sa tête fonctionnait toujours. Il lui avait confié :

— Qu'est-ce qu'on t'apprend à l'école ? À être le meilleur, le plus performant, celui qui a les meilleures notes, celui qui rafle les prix… En réalité, on te dresse pour le marché. Pour te fourrer dans la tête l'idée de concurrence. Tu dois être concurrentiel, tu dois battre la concurrence, être un *winner*, comme on dit aujourd'hui. Et les profs, à quoi servent-ils ? Ils servent à te former à la consommation. Tu dois apprendre à choisir le « bon » prof, à vouloir la « bonne » filière, à obtenir le « bon » diplôme. Ça sert à ça, l'école. À faire de toi un type qui ne pourra pas penser en dehors de la concurrence et de la consommation. Question apprentissage de la liberté de penser, c'est pire que ce que faisaient les curés ! C'est la voie royale de l'aliénation. Tu ne crois pas qu'on peut très bien vivre sans vouloir être meilleur que les autres ? Sans vouloir ce que possèdent les autres ?

Pourquoi M. Abel lui avait-il parlé de ça ? Justement ce jour-là ? Quel rapport cela pouvait-il avoir avec sa mère ? Voulait-il laisser entendre qu'elle était une victime exemplaire de cette concurrence qui semblait diriger le monde ? Qu'elle n'appartenait pas à la catégorie des *winners* ? Qu'au royaume de la consommation elle n'était qu'un produit interchangeable ?

Une variable d'ajustement ? Ou était-ce de Quincy qu'il parlait ? Parce que, pour être dans la concurrence et la consommation, il l'était !

Quincy était acteur. Il tournait actuellement dans la série policière *Babylone* sur laquelle TF1 fondait de grands espoirs. Si ces espoirs étaient déçus, si le public n'était pas au rendez-vous, c'en serait fini de la série et les acteurs seraient remerciés sans préavis. Des produits jetables, aussi jetables que sa mère l'avait été. Virée du jour au lendemain après vingt ans de bons et loyaux services dans la même entreprise, Potestas…

D'un œil distrait, Quincy relut la scène pour laquelle il se rendait à Lyon. L'action se déroulait de nuit, sur un quai, au bord du Rhône. Il tenait le rôle de Maubert, un lieutenant de la police criminelle. C'était l'avant-dernier épisode de la série. Son personnage avait donné rendez-vous à Barbara – une journaliste –, la fiancée du héros accusé de meurtre, en danger de mort. Maubert allait lui remettre le dossier prouvant que son fiancé était victime d'un complot tramé au plus haut sommet de l'État. Il s'apprêtait surtout à lui révéler le nom de celui ou de celle qui se cachait sous le nom de code « Babylone », le véritable assassin.

<u>SÉQ. 54 BORD DU CANAL NUIT</u>
Maubert est là, à moitié dans l'ombre, à moitié dans la lumière d'un lampadaire au sodium. Il pleut. Barbara, sanglée dans un imperméable mastic, s'approche de lui, les mains enfoncées dans ses poches.

MAUBERT
Sortez vos mains de vos poches.

BARBARA
J'ai froid.

MAUBERT
Je n'aime pas les gens qui gardent leurs mains dans leurs poches.

BARBARA (sortant les mains de ses poches)
Vous l'avez ?

MAUBERT montre un dossier à la couverture illustrée d'un poignard sur lequel s'enroule un couteau, symbole de vengeance.

MAUBERT
Vous ne vous dégonflerez pas ?

BARBARA
Donnez-le-moi, le temps presse.

MAUBERT (retenant le dossier)
Vous savez ce que vous risquez en le publiant ?

BARBARA
Oui, je sais ce que je risque. La seule chose que j'ignore, c'est le nom du fumier qui est derrière tout ça…

MAUBERT (ricanant)
Vous ne devinez pas ?

(Et, après un silence :)

C'est…

MAUBERT ne finit pas sa phrase. Une main gantée armée d'un revolver entre dans le cadre. Une balle claque dans la nuit. Elle lui fait exploser la tête à l'hyperralenti et l'envoie dans le canal avec le dossier qui se disperse à la surface de l'eau.

Quincy referma le script en soupirant. Il ferma les yeux.

Encore une fois, il mourait.

S'il faisait le compte, il était mort très souvent à l'écran, au cinéma comme à la télévision : armes à feu, armes blanches, pendaisons, noyades, même une fois la tête perforée par une perceuse électrique. Il n'avait pas connu le pal, la hache ni la crucifixion, mais il était sûr que ça viendrait. Il était l'homme qui meurt. À croire que, dès qu'il s'agissait de tuer quelqu'un dans une pièce ou un scénario, son nom sortait automatiquement. C'était son destin ! Déjà, dès sa première apparition sur scène, dans *Hamlet, rock, etc.*, une adaptation moderne de Shakespeare écrite par Thomas, son ami d'enfance, il mourait. Simon, le troisième larron, autoproclamé metteur en scène, lui avait attribué le rôle de Polonius. À l'acte III, scène 4. Quincy se faisait embrocher en criant :

— Il m'a crevé !

Puis il tombait, arrachant un immense drapeau rouge tandis que retentissait *L'Internationale* jouée à la guitare électrique. Depuis ce jour, il mourait.

Je porte le deuil de moi-même, ricana-t-il en silence, caressant la manche de sa veste noire.

Son pantalon était de la même couleur.

Quincy aimait s'habiller d'invisible.

Jennie, plongée dans la lecture de *Ce que savait Maisie*, d'Henry James, ne prêtait pas attention à Quincy. *Maisie* était pour Jennie ce que pour d'autres sont les pièces de William Shakespeare ou la Bible, une œuvre vers laquelle se tourner dans toutes les circonstances de la vie pour y trouver conseils, réconfort et amitié. Et, après le choc qu'elle venait de subir avec Saïda, Jennie avait besoin de conseils, de réconfort et d'amitié, et surtout de mots, tant les mots lui manquaient pour exprimer l'étendue de son chagrin et de sa colère.

Maisie, c'était son livre, le seul qu'elle lisait et relisait, griffonnait, décorait de dessins tarabiscotés à l'encre ou au crayon rouge lorsqu'elle notait systématiquement les mots ou les lettres qui s'imprimaient sur sa peau, comme le zéro qui lui brûla longtemps le dos après la mort d'Olga ou le *S* de Saïda qu'elle sentait poindre. Augustin lui avait offert ce livre peu de temps après son arrivée au foyer. Il avait trafiqué le titre sur la couverture et c'était devenu : *Ce que savait Jennie*. Il avait aussi souligné en jaune fluo une des premières phrases : « Le destin de cette passive petite fille était de voir beaucoup plus de choses qu'elle n'en pouvait tout d'abord comprendre, mais aussi, et dès le début, de comprendre bien plus que toute autre petite fille, si passive qu'elle eût jamais l'occasion d'être, n'avait jamais compris avant elle. » À peine l'avait-elle ouvert que Jennie avait rendu le roman à Augustin après avoir barré d'un trait rageur le mot « passive ».

— Tu peux te le garder, ton livre. C'est pas pour moi !

S'il y avait une chose dont Jennie était sûre – dont elle avait toujours été sûre –, c'était bien celle-là : elle n'était pas passive et ne le serait jamais.

— Jamais !

Augustin n'avait pas cédé.

— OK, on raye « passive », je suis d'accord, ce n'est pas toi. Mais on garde le reste...

— Je ne suis pas une « petite » fille.

— Je supprime aussi « petite », pas de problème.

Et, sans attendre, il avait lu à voix haute la phrase corrigée :

— « Le destin de cette fille était de voir beaucoup plus de choses qu'elle n'en pouvait tout d'abord comprendre, mais aussi, et dès le début, de comprendre bien plus que toute autre fille n'avait jamais compris avant elle. » Ça te va, comme ça ?

— Pourquoi tu veux que je lise ce truc ?

— Parce que chaque ligne me fait penser à toi.

Augustin n'avait pas seulement changé le titre ; toutes les fois où le nom de Maisie apparaissait, il l'avait remplacé par « Jennie ».

— Comme il y a des pianos « préparés », c'est un livre « préparé », avait-il conclu en le rendant à Jennie.

Jennie l'avait repris en grimaçant, se jurant de le balancer aux ordures à la première occasion. Mais elle ne le fit pas. Au contraire. D'abord elle picora une phrase ici, une phrase là, au hasard de celles qu'Augustin avait soulignées ou de celles qui lui sautaient aux yeux parce qu'elle y trouvait son nom, puis en commençant par la fin avant de revenir au début et de tout lire passionnément, une fois, deux fois, dix fois. Son livre était corné, plié, sale, taché, plein de surcharges, de gribouillages, de poèmes écrits dans la marge. Jennie lui trouvait l'air d'un vieux chien. Il avait de la route, il en avait vu, c'est pour ça qu'elle l'aimait.

Pour la première fois, elle leva les yeux vers Quincy. Il avait l'air aussi perdu qu'elle dans ses pensées. Mais, aussi fine qu'elle fût, aussi perspicace, jamais Jennie n'aurait pu deviner ce à quoi il pensait.

Jennie rangea son livre dans son sac et l'observa d'un air effronté. La tête appuyée à la vitre, il laissait le paysage s'évanouir sous ses yeux. Il s'assoupissait en douceur. Jennie le secoua vigoureusement :

— Réveillez-vous ! Eh, réveillez-vous !

Quincy sursauta.

— Qu'est-ce qui se passe ?

— Je n'aime pas qu'on dorme dans le train.

— Occupez-vous de vos oignons et ne me faites pas chier, grogna-t-il en refermant les yeux.

Jennie se pencha vers lui.

— Ré-veil-lez vous, articula-t-elle, détachant chaque syllabe, appuyant sur chacune d'elles.

— « Réveillez-vous ! », ça ne va pas, la tête ? Vous êtes barge ?

Quincy la tutoya :

— T'es Témoin de Jéhovah ?

Puis, soudain pris d'un doute, amusé, il chercha à droite, à gauche, s'il n'y avait pas une caméra cachée.

— Attends. C'est quoi ? C'est une blague ? Ils sont où ?

— Ce n'est pas une blague, affirma Jennie, très concentrée. Je n'aime pas les gens qui dorment dans le train. Un train, ce n'est pas fait pour dormir. Ce n'est pas une chambre d'hôtel ou d'hôpital. Si j'étais au gouvernement, je ferais une loi pour interdire qu'on dorme dans les trains, comme il est interdit de fumer.

Quincy s'efforça de garder son sérieux. Il était convaincu de longue date qu'il ne fallait pas contrarier les fous ni les somnambules.

— T'as raison, approuva-t-il. Moi, tu vois, je n'aime pas les gens qui portent des gants. Et je pense qu'une loi…

— Tiens ! moi non plus, je n'aime pas ça.

— Les gens qui portent des gants ?

— Je viens de vous le dire.

Le visage de Jennie était transparent de clarté. Quincy se sentit troublé, curieux, ému par son regard rebelle et enfantin. Il s'enfonça dans son siège. Même si c'était un chat sauvage, cette fille lui plaisait.

— Eh bien, au moins, voilà un point sur lequel nous pouvons nous entendre ! dit-il en lui souriant. Pourquoi tu n'aimes pas les gens qui dorment ?

— Parce que si on rêve, on ne peut plus voir la réalité.

— Tu fais philo ? demanda-t-il d'un ton moqueur.

— Vous foutez pas de moi. C'est vrai. Moi, je ne rêve jamais et je ne pleure pas non plus.

— T'es une dure ? railla Quincy, cherchant à la provoquer.

— Oui, je suis une dure. Plus dure que vous le pensez ! Mais j'aime les belles choses…

— Quoi par exemple ?

— J'aime la poésie, je fais du slam. Un soir, au Café de la Plage, j'ai gagné le prix du public.

Elle récita sans hésiter, comme si elle attendait depuis longtemps l'occasion de le faire :

> *Quand il n'y aura plus*
> *De poissons dans les mers*
> *Plus d'oiseaux dans le ciel*
> *Plus d'animaux sur la terre*
> *Que des vers grouillants*
> *Des insectes venimeux*
> *Quand il n'y aura plus*
> *D'arbres dans les forêts*
> *Que l'herbe sera noire*
> *Les fruits pourris sur pied*
> *Les fleurs carbonisées*
> *Quand il n'y aura plus*
> *De journaux*
> *De livres*
> *Quand les cinémas seront fermés*
> *Les théâtres interdits*
> *Quand la voix de la télé*
> *Sera l'unique voix de vérité*
> *Qu'il sera impossible*
> *De la contredire*
> *Sans être emprisonné*
> *Quand on mangera des gélules*

Des graines poussées à l'OGM
Quand les chiffres auront remplacé les mots
Quand chaque vie sera facturée
Quand les usines seront fermées
Les bureaux bouclés à double tour
Quand il n'y aura plus de sperme
Dans les couilles des mecs
Quand les nanas
N'auront plus de sang ni de lait
Quand tous marcheront
Au son d'hymnes patriotiques
Le capitalisme aura gagné
Oui, il aura gagné !

Elle avait dit son texte comme ça, sans façon, le regard souvent perdu au-dessus de la tête de Quincy, dans un lointain. Sa voix glissait sur les mots avec âpreté, avec colère, mais aussi avec une sorte de grâce douloureuse et sensible. Quincy applaudit des deux mains.

— T'es une artiste ! C'est magnifique. Formidable !

Jennie n'allait pas à la pêche aux compliments.

— Et vous, qu'est-ce que vous faites ? demanda-t-elle, le nez en l'air. J'ai vu que vous lisiez un truc écrit comme pour du théâtre…

— Je fais l'acteur, avoua Quincy en se rengorgeant.

Jennie avait déchiré les billets à l'entrée d'une salle de boulevard, mais sans jamais vraiment approcher les comédiens. Elle était impressionnée.

— Alors, vous êtes un artiste aussi, dit-elle, sans trop laisser percer son admiration.

— Jusqu'à un certain point.

— Vous jouez à la télé ?
— À la télé, au théâtre, parfois au cinéma.
— Vous êtes connu ?

La question enchanta Quincy, mais pas au point qu'il y réponde. Il préféra renvoyer la balle à Jennie :

— Et toi, tu es connue ?

Elle sourit.

— Non, mais je gagne à l'être.

Quincy claqua des doigts :

— Bonne réplique... Tu devrais être scénariste !

Et il se présenta :

— Quincy avec un Q comme « cul », un Q comme *Quelle*, « la source » en allemand, Q comme « quotient intellectuel », Q comme « *queen* », Q comme « quaker », Q comme « quartz »...

— Jennie, répondit-elle plus sobrement, lui serrant la main.

Puis elle ajouta, malicieuse :

— Comme la fille aînée de Marx...

— Rien que ça !

— Vous n'avez pas de prénom ? s'étonna-t-elle soudain.

S'il en avait eu un, Quincy l'avait oublié :

— Tout le monde m'appelle toujours Quincy, à l'ancienne.

L'hôtel était dans le vieux Lyon, un ancien entrepôt ou une vieille fabrique dont on avait conservé la façade. L'intérieur avait été refait à neuf. Murs blancs, chromes, néons, fausses lithos de Bram Van Velde, photos de Lartigue, tapis de haute laine, tous les signes de la modernité. L'assistant stagiaire régie du téléfilm, qui les avait pris en charge à la gare, confia à Quincy une grande enveloppe.

— Il y a les papiers et les clefs de votre voiture de location. Elle vous attend devant la porte…

Quincy le remercia d'un signe de tête.

— Vous devez être sur le tournage à vingt-trois heures, pour le dîner, précisa le jeune homme. Alec voudrait voir la scène du canal avec vous, la maquilleuse et le type des effets spéciaux. Vous avez l'itinéraire sur la feuille à l'intérieur. En cas de problème, vous avez mon numéro de portable et celui de…

— Merci, dit Quincy en le congédiant d'un sourire.

À peine la porte de la chambre refermée, Jennie lâcha son sac à ses pieds et, virevoltante, se déshabilla plus vite qu'il ne le faut pour le dire. Quincy fut aussi rapide. L'instant suivant, il fondit sur elle. Il l'embrassa à pleine bouche en la tenant par les cheveux et la bascula en travers du lit. Son visage luisait comme celui d'un pendu. C'était un sauvage qui sondait ses reins, son ventre, dévorait sa poitrine et croquait ses lèvres. Il la malaxait, lui pinçait les hanches, lui mordait le cou, l'écartelait. Jennie voulait que ça dure, que ça ne s'arrête pas, qu'il la baise, la baise encore, encore, encore… Elle espérait qu'il la ferait pleurer. Mais ça montait, ça montait comme toujours et ça ne sortait pas. Il aurait pu la battre, la brutaliser, lui tanner les fesses, la gifler à la volée sans que rien ne se brise en elle. Dans son cœur, quelque chose l'empêchait de s'abandonner aux larmes. Quelque chose qui n'avait pas de nom ; quelque chose qui l'écrasait depuis le jour de sa naissance, qui la tenait prisonnière. Une tristesse, un chagrin que la découverte de l'identité de son père n'avait pas effacé. Elle priait pour que Quincy desserre l'étau d'un coup de reins, qu'il arrache les grilles de sa prison, qu'il en fasse sauter le toit. Comme si sa propre voix pouvait la libérer, elle geignit :

— Aime-moi…

Et s'en voulut de cet aveu.

Le soir troublait les formes.

La chambre baignait dans l'étrange lumière qui parfois vient des vitraux dans les églises. Il régnait une odeur légère de chèvrefeuille et celle, plus âcre, des corps en sueur.

— Comment as-tu su pour nous ? demanda Jennie, les yeux au plafond, une main sur son sexe, l'autre sur celui de Quincy.

Quincy répondit qu'il était sensible aux fluides.

— Dans le train, quand tu disais ton poème, j'ai senti que tu serais à moi.

— Je ne suis à personne.

— Si, tu es à moi, affirma-t-il avec une certitude absolue. Tu ne le sais peut-être pas encore, mais tu es à moi.

— Ne va pas t'imaginer des trucs. Tu ne sais pas de quoi je suis capable.

— Je n'imagine rien. Je sais.

Jennie ne cherchait pas la bagarre. Elle rêvassait, le visage modelé dans un halo de blancheur.

— Quand je fais l'amour, murmura-t-elle, des oiseaux s'envolent dans ma tête...

— Des oiseaux comment ?

— D'abord des petits, puis de plus en plus grands. Des oiseaux marins, des mouettes, des sternes, des goélands, des fous.

Quincy avança, manière de plaisanterie :

— Pas de papillons ?

— Seulement quand je me branle, répondit-elle sèchement.

Puis elle se radoucit :

— Tu vois, moi, ce que j'aime, c'est les cimetières, dit-elle, posant la tête sur la poitrine de Quincy. Mon rêve, ce serait de baiser dans un cimetière face à la mer, entourée d'oiseaux qui seraient comme des anges. Quand j'étais petite, il y avait un cimetière en face de chez nous, de l'autre côté de la voie ferrée. J'allais y jouer. Je faisais des trucs de gosse. Je montrais mon cul aux morts, je pissais sur les tombes. J'ai toujours aimé les cimetières. C'est si beau, si calme, les tombes. Ça me plaît. Tu ne peux pas savoir comme ça me plaît...

— Si, je commence à le savoir.

— Je parle trop ?

— Je n'ai pas dit ça, protesta Quincy, levant ses mains très blanches.

— Tu l'as pas dit, mais c'est pire. Tu ferais mieux de me crier : « Ferme-la ! Ferme-la, j'en ai rien à foutre de tes histoires de cimetières ! »

Quincy protesta :

— Si tu veux parler de cimetières, parle de cimetières. Et tant que je ne te demande pas d'arrêter, tu peux continuer à me faire chier avec tes histoires de cimetières…

Jennie rit de bon cœur. L'idée l'excitait.

— Ça, tu vois, je ne l'ai jamais fait ! Faudrait que je le fasse. Oui, aller poser ma pêche sur un Jésus ou une Vierge Marie en céramique. Ça te plairait de me voir chier dans un cimetière ?

— Ferme-la.

De nouveau ils roulèrent d'un bord à l'autre du lit. Jennie ne se laissait plus faire. Elle menait la danse. Donnait un sein à adorer, puis l'autre, offrait son sexe et le défendait, s'exhibait à plat ventre, s'écartait. Elle voulait l'étonner, le choquer. Elle voulait que Quincy la chavire, qu'il la bouscule. La tête à la renverse, ses mains se faisaient tentacules, ailes, griffes. Le démon qui l'habitait prenait tantôt forme femelle, tantôt forme mâle. Ils ravageaient la literie, ahanant, jurant, criant comme s'ils cherchaient à faire sortir d'eux un diable ou un dieu nouveau-né. Jennie s'enflammait. Elle brûlait comme au Bal des ardents. Mais soudain, l'incendie l'irrita, la rongea, électrisa tous les méridiens de son corps. Ça la grattait douloureusement. Les draps se transformèrent en un tapis de ronces. Elle s'y frotta, rampa et d'un coup de reins s'en arracha.

— Qu'est-ce que tu fous ? gronda Quincy, repoussé loin d'elle.

Jennie bredouilla :

— Je sens le sang !

Elle montra son dos, le souffle court, la bave aux lèvres. Quincy, frustré, tremblant, rageait contre cette petite conne qui…

— Pourquoi tu me montres ton cul ? dit-il, l'œil méchant. Tu veux que je…

Jennie guida sa main au-dessus de ses fesses :

— Touche, ça s'écrit.

— Qu'est-ce qui s'écrit ?

— Le sang…

— Le sang ?

— Touche.

Elle le supplia :

— Touche…

C'était un labyrinthe, la trace d'un exorcisme, un chemin balisé de marques secrètes. Quincy caressa du bout du doigt l'invisible boursouflure qui affleurait sur le dos de Jennie.

— Tu vois ?

— Oui… souffla-t-il.

Il ne pouvait en croire ses yeux.

Il touchait, il voyait. Il voyait distinctement le fil rouge qui serpentait du bas du dos au milieu des omoplates. Jennie était marquée au fer d'une lettre écarlate. Il ne savait pas d'où ça venait, comment un tel phénomène était possible, si c'était possible, mais il voyait « *sang* » écrit sur la peau de Jennie en lettres rondes attachées.

Jennie se retourna pour l'attirer contre elle. Elle semblait à l'agonie, sa tête roulait sur sa poitrine, ses lèvres blanchissaient.

— J'ai le mal de l'oubli, lui murmura-t-elle quand il la reprit. Je ne peux pas oublier. Si j'oublie un instant, ça remonte et ça s'écrit sur moi pour que je n'oublie pas.

— Que tu n'oublies pas quoi ?

Ils quittèrent l'hôtel à vingt et une heures trente précises. Quincy se mit au volant de la voiture de location et confia à Jennie le soin de lui indiquer l'itinéraire en suivant la feuille de route. Il pleuvait, il faisait froid, les ombres étaient à la fête. Elles dansaient dans les phares, se tenaient par le cou, par la main. La route disparaissait parfois dans un banc de brouillard. Une sarabande fantôme que le vent chassait et poursuivait. Un rideau de nuit qu'ils traversaient comme dans les contes l'anneau magique qui conduit au-delà du connu. Jennie prenait son rôle de copilote au sérieux, annonçant, d'un ton très professionnel :

— À gauche… Après le feu, attention, deuxième à droite juste au coin du café-bar… Tout droit pendant deux kilomètres…

Elle demanda abruptement :

— C'est quoi, ton rôle ?

— Un flic.

— Tu joues souvent des trucs comme ça ?

Quincy appuya son épaule contre la sienne.

— Supposons que tu viennes de Chine ou de Mars et que tu veuilles faire la sociologie de la France à partir d'une année de production télévisuelle et cinématographique…

— Pourquoi je ferais ça ?

— Pour savoir, pour comprendre ce qu'est la France, comment elle se voit, comment elle s'imagine. Alors, tu regardes tous les films, tous les téléfilms ! Et à la fin, qu'est-ce que tu conclus ?

— C'est une blague ?

— Non, c'est très sérieux.

Quincy parlait d'une voix plus lente que d'ordinaire :

— Pour les hommes, tu conclus que la France est peuplée de flics, d'architectes, de journalistes, de publicitaires et d'une majorité de types qui ne font rien ; rien du tout. Des oisifs ! De riches oisifs, sans opinions politiques ni convictions philosophiques ou religieuses. Pour les femmes, c'est encore plus simple. Celles qui ne sont pas flics ou mannequins sont avocates ou assimilées, mères au foyer et la plupart du temps oisives elles aussi, *call-girls* ou putes au grand cœur...

Il s'esclaffa :

— Des flics, des flics, des flics et des putes, des putes, des putes, c'est ça la France !

Jennie grommela en haussant les épaules :

— Moi, je me fous de la France. Je ne suis pas française. Ma mère venait de Hollande, comme les vaches !

— C'est vrai ?

— T'aurais préféré qu'elle soit bretonne ?

Quincy lui pinça l'oreille :

— Tu me raconterais pas de craques ?

— Devine, dit-elle, faisant sa mystérieuse.

Il dénoua le mensonge d'une grimace :

— Tu baratines. Ton nez s'allonge !

— Gagné ! admit Jennie. C'est pas ma mère qui venait de Hollande, mais la sienne. Je n'ai pas connu ma grand-mère Jacobs, mais j'ai hérité de sa Hollande et de son prénom. J'ai toujours voulu être étrangère...

Jennie récita comme dans le train :

> *Que m'importe la France*
> *Je ne suis pas française*
> *Ma mère vient de Hollande*
> *C'est une vache hollandaise*
> *Qui dit toujours welcome*
> *À l'homme qui se fait traire*
> *Ses seins pissent du lait*
> *Sa chatte aime le beurre*
> *Elle a des tas d'enfants*
> *C'est tout ce qu'elle sait faire*
> *Et pleurer comme un veau...*

Elle s'interrompit.

— Merde, je me souviens plus ! Faudra que je regarde sur mon livre...

— T'as écrit un livre ?

— C'est pas moi qui l'ai écrit, mais j'écris dessus.

Quincy s'émerveillait :

— T'es vraiment un sacré numéro !

— Et toi, ta mère, elle vient d'où ? demanda brusquement Jennie, avec l'immense curiosité d'un enfant.

Quincy sentit sa respiration se bloquer :

— Ma mère est morte il y a bientôt trois mois...

La mère de Quincy s'était suicidée dans le bureau où elle travaillait depuis vingt ans. Au service commercial de Potestas, la grande compagnie d'assurances. Les femmes de ménage l'avaient trouvée le matin en arrivant, assise à la place qui avait toujours été la sienne. Avant d'avaler un puissant cocktail de barbituriques, elle avait adressé deux lettres, l'une à son fils, l'autre à sa hiérarchie.

À son fils elle écrivait :

> *Mon chéri,*
> *Mon travail est toute ma vie, comme le tien est toute la tienne. Après mon dernier entretien d'évaluation, j'ai compris qu'ils ne veulent plus de moi chez Potestas. Mes « performances » ne leur paraissent pas suffisantes. Ils me jugent « usée », « fatiguée ». Je n'aurais pas atteint les objectifs fixés par ma hiérarchie, pas atteint le nombre de contrats à réaliser cette année. J'ai toujours respecté mes clients. Fallait-il que je leur mente pour les engager à s'endetter plus qu'ils ne le sont déjà ? À s'endetter toujours plus sur des produits dont la rentabilité et l'utilité sont quasi inexistantes ? Le DRH m'a dit clairement : « Vous êtes là pour vendre, pas pour vous demander si ce que vous vendez est bon ou pas. Si ça se vend, c'est que c'est bon. Ce n'est pas difficile à comprendre. » Si, c'est difficile à comprendre, et encore plus difficile à faire pour quelqu'un d'honnête. Au mieux, ils envisagent de me muter, mais ils m'ont déjà avertie que s'ils ne trouvaient pas de point de chute je devrais envisager de quitter mon poste. C'est-à-dire que je serai renvoyée. Ils*

prétendent que la décision sera prise dans une semaine, mais j'ai bien senti qu'elle était déjà prise et qu'ils voulaient seulement la faire passer en douceur. Ils me jettent après tout ce temps sans la moindre faute, sans la moindre erreur, sans le moindre retard, sans la moindre absence. Ça, je ne peux pas le supporter. Je me sens humiliée, battue, jetée à terre. Je ne suis pas comme toi, je n'ai pas la force de me battre, et papa est mort trop tôt. Je préfère m'en aller avant que l'on me chasse. Ne m'en veux pas, mon chéri, je n'ai aimé que deux hommes dans ma vie, papa et toi. Je ne veux pas que ma vie pèse sur la tienne, qu'elle soit une charge inutile. Puisque je ne suis plus rien, autant l'être tout à fait et rejoindre papa dans le silence et la paix éternels. Je t'aime, mon chéri, je t'aime pour toujours.

Maman

Dans la lettre adressée à sa hiérarchie, la mère de Quincy n'avait tracé qu'une seule phrase : « Demandez-moi pardon. »

Pas de crêpe à la boutonnière, pas de larmes, Quincy avait suivi le cercueil de sa mère seul derrière le fourgon, de l'entrée du cimetière jusqu'au crématorium. Il se répétait cette phrase à chaque pas : « Demandez-moi pardon », « Demandez-moi pardon », « Demandez-moi pardon », comme s'il portait une couronne de perles, une brassée de roses incandescentes, un joyau dont il venait d'hériter. Quelques collègues de sa mère, deux représentants syndicaux l'attendaient pour les condoléances. Il les remercia lentement, les dévisageant un à un comme s'il ne voulait en oublier aucun. Comme si leur présence leur conférait une dignité qui, désormais, les plaçait au-dessus des autres. Il répéta à chacun la phrase que sa mère avait laissée :

— Elle n'a écrit que cela : « Demandez-moi pardon »…

Les syndicalistes s'indignèrent contre la hiérarchie, le patronat, le gouvernement vendu au marché, à genoux devant le profit, rappelant la récente défenestration d'un ingénieur informatique chez Renault, la noyade d'un technicien, celle d'une mère de deux enfants, la mort d'un policier, d'un postier, la pendaison d'un cadre bancaire et de beaucoup d'autres, qu'on parle de « *burn out* » comme les Anglais ou de « *karoshi* » comme les Japonais. Les collègues hochèrent gravement la tête mais n'osèrent pas faire de commentaires ni poser de questions. Quincy comprit que ni les uns ni les autres ne mesuraient la juste portée des paroles de sa mère. Sauf peut-être M. Abel, qui arriva le dernier…

Une flèche jaune fluo fixée sur un arbre indiquait *Babylone* à l'entrée du parking d'un restaurant qui faisait guinguette en été mais fermait en hiver. Un fantôme au crépi blanchâtre sur fond de nuit sans lune. Un chromo pour calendrier des postes qui se détachait, entouré d'arbres faméliques. Quincy arrêta la voiture.

— C'est là, dit-il.

Un assistant régie vint le saluer :

— Bonsoir, monsieur Quincy, vous pouvez aller vous garer à côté des camions. Alec vous attend à la cantine…

— Merci. J'y vais tout de suite, l'interrompit Quincy.

Mais il ne bougea pas. Au contraire, il coupa le moteur et resta les mains crispées sur le volant, le front soucieux. Jennie se replia sur elle-même. Elle était folle de l'avoir suivi, de croire qu'il pouvait l'emmener n'importe où. Ils n'étaient pas du même monde. Ils pouvaient se retrouver en secret, dans l'obscurité d'une chambre, mais pas en plein jour et encore moins sous des projecteurs.

— Ça te gêne que je vienne avec toi ? demanda-t-elle en retenant son souffle. T'as honte ?

Quincy, le regard fixé au-delà du parking, sortit d'un long silence :

— Honte ? Pourquoi j'aurais honte ?

— Tu n'as peut-être pas envie de t'afficher avec une fille comme moi. Sur ton film, il doit y en avoir qui sont bien plus…

— Arrête tes conneries, murmura Quincy, lui faisant signe de se taire. Tu es avec moi…

Il répéta plus gravement :

— Oui, tu es avec moi.

Quincy ferma les yeux un instant. Il connaissait le scénario. S'il mettait les pieds sur le plateau, Sandra, sa partenaire, allait lui faire une scène, crier, pleurer parce qu'il n'avait pas donné de nouvelles depuis cinq jours : « Je t'aime, je suis dingue de toi ! Et toi, espèce de salaud, tu me plantes là, sans un mot, sans un coup de fil, tu m'abandonnes comme une merde ! » ; Alec, le réalisateur, répéterait comme toujours que « l'écriture, c'est de la masturbation et le cinéma une orgie ! » ; il encouragerait l'équipe à jouir de la bêtise insondable dans laquelle ils se vautraient pour gagner leur vie ; Quincy finirait par accepter de mourir une fois encore et plongerait dans le Rhône à trois heures du matin pour la plus grande gloire de la télévision française…

À la question : est-ce qu'il voulait faire ça ? La réponse était non. Non, plus jamais. À la question : est-ce qu'il voulait entendre des jérémiades et des débilités qu'il connaissait par cœur ? Non, il ne le voulait pas. À la question : est-ce qu'il avait besoin de ce rôle pour vivre ? La réponse, teintée d'humour noir, était également non, il n'avait pas besoin de mourir pour vivre. À la question : était-il capable d'accorder ses actes à ses pensées ? La réponse était : oui. Oui, maintenant, sans attendre, parce que s'il ne le faisait pas tout de suite, il ne le ferait plus jamais. Oui, parce que Shakespeare avait raison : « Rien n'honore plus la vie d'un homme que sa façon de la quitter. »

Quincy remit le contact.

— Alors, on y va ? demanda Jennie.

— Non, on n'y va pas, grommela Quincy.

— On n'y va pas ?

— Je ne veux plus mourir.

Il embraya, poussa le moteur à fond et passa en trombe devant l'assistant régie qui s'écarta de justesse pour ne pas se faire rouler sur les pieds.

Une averse éclata.

Il pleuvait dru, des trombes d'eau inondaient la route et noyaient le pare-brise. Jennie était stupéfaite :

— Tu ne vas pas à ton film ?

— Non ! C'est fini. Je n'irai plus. C'est terminé, rideau !

— Putain, je croyais être championne pour faire des conneries, s'exclama-t-elle, mais toi, c'est le pompon, tu dépasses tout ! Tu devrais jouer miss Catastrophe !

— Étymologiquement, tu sais ce que ça signifie, « catastrophe » ? demanda Quincy.

— Ramène pas ta science. Non, je ne sais pas.

— Ça signifie : se tromper de chemin, expliqua Quincy. Et je me trompais de chemin ! Il fallait que ça s'arrête avant qu'il soit trop tard.

— Et c'est quoi ton nouveau chemin ?

Quincy se tourna vers elle. Il y avait de l'irritation dans sa voix :

— Je ne veux plus mourir.

— C'est tout ?

— Oui, ce n'est pas dur à comprendre.

— Qu'est-ce que ça peut te foutre de mourir à la blague pour la télé ?

— Tu sais combien de fois j'ai été fusillé, pendu, noyé, empoisonné, écrasé, défenestré, précipité d'une falaise, brûlé vif ? Des dizaines de fois. Je suis le plus grand expert mondial en phœnixologie !

— En quoi ?

— L'art de mourir et de renaître éternellement. Mais c'est fini, je ne veux plus. Je ne veux plus mourir. Même éternellement...

Jennie fit remarquer qu'elle trouvait ça bien de mourir autant de fois qu'on le voulait et de renaître aussitôt.

— C'est comme si on avait un catalogue et qu'on pouvait essayer avant de se décider, dit-elle avec un petit sourire.

— Tu n'y es pas. Je ne m'appelle pas Lazare ni Jésus.

— Ne te fâche pas. Personne ne te contredit !

— Je ne me mets pas en colère, mais je ne peux pas parler de ça calmement.

Quincy s'apaisa.

— Mourir une fois, deux fois, trois fois, tu peux penser que ce sont les hasards du métier qui le veulent. Mais quand on ne t'appelle plus que pour ça, uniquement pour ça, ça signifie autre chose.

— Ah oui, quoi ?

Il répondit avec une expression de triomphe :

— Que tu es celui que, consciemment ou inconsciemment, ils veulent faire mourir. Tuer l'homme en trop, le gêneur, le rebelle, celui dont la voix porte plus haut ou plus fort que celles des autres.

— Qui ça « ils » ?

— Ceux qui décident de la vie ou de la mort de chacun d'entre nous. Ceux qui ont décidé de la mort de ma mère, par exemple…

Jennie haussa les épaules, pestant :

— Je ne crois pas à ces trucs-là !

— Tu ne sens donc pas que tu es en sursis ? demanda Quincy, sans quitter la route des yeux.

— Je ne suis rien ni personne. Je ne compte pas. Que je sois vivante ou morte, ça ne change rien.

— Tu te trompes. Tu sais dire non. Tu sais dire « je refuse, je proteste ». Tu n'acceptes pas l'ordre bourgeois de la société, tu ne t'agenouilles pas devant la déesse Croissance ni le dieu Profit. Tu es une ennemie.

— Je ne suis l'ennemie de personne !

— Tu es l'ennemie des autres, de ceux qui ne pensent pas comme nous, des tenants de l'ordre, de ceux qui veulent notre mort.

— Les flics ?

— Non, les flics ne sont que des animaux de compagnie. Je te parle de ceux qui sont les vrais maîtres, les banquiers, les financiers, les capitalistes, tous ceux qui rêvent d'un monde à leur botte où, comme on dit à l'armée, tout le monde obéit « sans hésitation ni murmures ».

Quincy soupira :

— Chaque jour on me tue. À chaque instant quelqu'un est tué au nom du fric, du pouvoir, de la force. Cet homme, cette femme, c'est moi. C'est moi, ici en France. C'est moi en Asie, en Afrique, en Amérique du Sud, au Moyen-Orient, partout, à tout moment, je meurs dans la peau de celui-là ou de celle-là. Symboliquement on me tue à l'image, d'accord ? Mais derrière ce symbole, qu'est-ce qu'il y a ? Il y a la réalité de ces morts. De toutes ces vies qui s'arrachent à la mienne. Je rétrécis, je diminue, je fonds comme du beurre au soleil. Poussière, je redeviens poussière. Mais c'est fini, je ne veux plus mourir en faisant le singe devant une caméra ou sur la scène d'un théâtre.

— Tu veux mourir pour de vrai ?

Quincy tarda à répondre.

— Qu'est-ce que je suis ? demanda-t-il, dédaignant prudence et silence. Une conscience qui a pris mon corps comme véhicule. Si ce véhicule ne fonctionne plus, ou s'il est démodé, ou que le moteur est grippé, cette conscience en prendra un autre. Parce que les consciences, elles, ne meurent pas.

Jennie crut comprendre.

— Tu crois à la réincarnation.

— Non ! Ni à Dieu, ni au diable, ni à la réincarnation, à la résurrection, ni à rien des conneries religieuses, qu'elles soient chrétiennes, juives, musulmanes, animistes, shintoïstes ou je ne sais quoi. Je ne crois pas à l'au-delà ni à la vie éternelle. L'enfer et le paradis sont sur terre. En revanche, je crois à la survie des idées. Les corps peuvent disparaître mais les idées restent. Elles migrent d'un homme à un autre. Je porte en moi les idées de mon père, de mon grand-père, du père de mon grand-père et celles des hommes et des femmes d'aujourd'hui dont la vie me console. Je suis eux, ils sont moi.

Jennie scrutait l'obscurité que seuls les phares éclairaient. Elle entrouvrit la vitre pour humer l'odeur de la terre trempée, des bois sous la pluie. Des formes s'agitaient dans la nuit, des ombres, des chimères. Elle se sentait entraînée au bas d'un escalier sans fin qui descendait, qui descendait, qui l'entraînait toujours plus bas, toujours plus profond et ne s'arrêtait jamais.

Elle voulait en sortir. Remonter. Courir au milieu de la campagne, se jeter dans un fleuve qui la conduirait jusqu'à la mer. Elle voulait échapper aux mots de Quincy qui pleuvaient comme du plomb fondu sur sa peau.

— Tout ça, c'est des belles paroles, dit-elle pour se défendre, mais ça nous mène à quoi ?

— À nous battre ! À agir ! À résister ! s'exalta Quincy.

— Tout seul ?

Quincy freina brusquement. Les roues patinèrent un peu sur la chaussée mouillée. Il se gara, à cheval sur l'herbe des bordures. Quincy prit le visage de Jennie dans ses mains.

— Tu comprends, à la génération de mon père, de mon instit de CM2, M. Abel, les luttes sociales se menaient tous ensemble, il existait une solidarité, un courage collectif, une force qui a traversé l'histoire de France de la nuit des temps jusqu'à la mort du communisme. Puis cette idée de la lutte commune s'est éteinte. Elle est tombée en poussière. Sur ses ruines sont nées les luttes de petits groupes, de fractions, de bandes décidées à rendre coup pour coup au capitalisme, à mener des actions de guérilla commandées par le seul désespoir. Ces luttes aussi sont mortes, finies, enterrées. Il est impossible de réunir aujourd'hui dix hommes suffisamment décidés et ne craignant pas de mettre leur vie en jeu pour se lancer dans la bataille. Le capitalisme a réussi à vendre sa camelote. Il a gagné. L'individualisme est présenté comme l'idéal du développement humain.

C'est chacun pour soi. Nous sommes seuls désormais. Je ne peux rien pour toi, tu ne peux rien pour moi. Il n'y a plus d'autre loi.

Quincy reprit son souffle. Il ajouta avec vigueur :

— Mais s'il n'y a plus d'autre loi que celle du capital, reste la possibilité d'agir, d'être hors la loi. C'est-à-dire de retourner l'arme de l'individualisme contre ceux qui l'ont braquée sur nous. Être seul peut devenir un avantage. Parce que seul, tu es invisible. Tu es « un » parmi les « uns ».

Jennie s'accrocha aux mains de Quincy. Elles étaient brûlantes.

— Qu'est-ce que ça veut dire « agir » ? demanda-t-elle. Agir comment ? Où ? Contre quoi ? Contre qui ?

La réponse eut le poids et le tranchant d'une hache :

— Contre ceux qui ne demandent jamais pardon.

Quincy et Jennie avaient fini la nuit à Tonnerre, dans le seul hôtel qui avait bien voulu les accueillir. Il était déjà tard quand ils prirent leur petit déjeuner dans la salle de restaurant vide en fin de matinée. Le soleil tapait dans les stores et zébrait la pièce de rayures dorées. Après avoir écrit « sang » en rouge au hasard dans le texte, Jennie montra son livre à Quincy.

Quincy le prit avec précaution. Il tourna très délicatement les pages, s'amusant du titre modifié, du nom de Jennie une ligne sur quatre, scrutant les dessins, déchiffrant les mots tracés comme la sentence dans *Le Pénitencier* de Kafka : « 0… Ma… Cul… MHS… sang… » Il lut aussi des poèmes recopiés par Jennie :

> *Tu es ce qui me tue*
> *La folie, le repaire*
> *Où les brigands m'attachent*
> *Tu es l'atout majeur*
> *La carte à l'écarté*
> *L'as qui coupe à cœur…*

et les phrases imprimées qu'elle avait corrigées comme la première, ou une autre dont il ne parvint pas à restituer les mots rayés, qui disait : « Toutes les promesses se réalisèrent si parfaitement qu'il était raisonnable d'espérer. »

— Tu écris ça depuis longtemps ? demanda-t-il, en lui rendant *Maisie*.

— Depuis toujours.

— Mais pourquoi sur ce livre ?

— Parce qu'il est à moi et que personne ne peut me le prendre.

— Un jour, il sera dans un musée.

— Et moi, je serai où ?

Jennie raconta l'histoire d'Hakim et de Saïda, protégeant ses yeux de la lumière trop vive…

— Je me suis toujours occupée des petits, expliqua-t-elle le cœur lourd. Je les levais, je les faisais manger, je les torchais, je les lavais, je les habillais. C'étaient mes bébés. Puis, quand maman est morte, les flics me les ont pris…

— Il n'y avait pas d'autre solution ?
— Je n'avais pas l'âge de les garder. Je n'avais pas non plus d'argent pour rembourser les prêts à la banque, payer les courses, et rien ni personne pour m'aider.
— Pas de famille ?
— Des salauds.
Jennie haussa les épaules.
— Je n'avais personne, mais je ne voulais pas qu'ils nous séparent. Je ne voulais pas. Je me suis battue avec les flics, je les ai insultés, j'ai crié, j'ai hurlé. J'étais comme folle, je voulais les tuer, leur crever les yeux, leur brûler la langue. Il a fallu qu'ils s'y mettent à trois pour m'arracher aux petits et à je ne sais combien pour m'empêcher de les rejoindre…
Jennie servit une nouvelle tasse de café à Quincy.
— Tu m'aideras ?
— À quoi ?
— Je n'ai plus que Malorie, maintenant. Tu m'aideras à la récupérer ? Et, après, nous irons à la mer…
— Et après ?
— Après, on ne sera plus jamais séparés, dit-elle sans qu'il sache si elle l'incluait dans ce « nous » plein de promesses.
Sur l'ordinateur de la réception, Jennie montra à Quincy la maison où vivait sa sœur Malorie, un foyer psychothérapeutique géré par l'association Lumière féconde. Le site s'ouvrait sur la photo d'un petit château dans la campagne en Bourgogne, prise un jour de grand beau temps. La légende indiquait : « Située à la

sortie du village de Saint-Prieur, cette ancienne maison de retraite accueille désormais trente garçons et trente filles présentant des troubles du caractère et de comportement. Un suivi médical psychologique – voire psychiatrique – est assuré, les deux buts fondamentaux du séjour étant la rescolarisation et surtout la resocialisation. »

— Faut que je la sorte de là, expliqua sombrement Jennie. La psychiatrie, ça me fait peur, j'ai failli y passer.

— Elle a quel âge ?

— Quatorze, elle aura quinze ans en octobre.

— Tu l'as vue quand la dernière fois ? demanda Quincy, finissant son café.

Jennie, très calme, répondit comme si sa fureur passée n'avait laissé aucune trace :

— Je ne l'ai jamais revue depuis qu'on a été séparées. Mais je lui ai toujours écrit pour Noël et pour son anniversaire.

— Et elle ?

— Non, jamais, répondit Jennie, sentant une porte se fermer en elle.

Quincy professa qu'ils devaient avoir l'air d'un couple respectable lorsqu'ils se présenteraient au personnel de l'institution où la sœur de Jennie était placée.

— Nous devons soigner nos personnages !

Avant de reprendre la route, ils s'habillèrent en conséquence, le plus sobrement possible. Quincy offrit à Jennie une robe droite de dame patronnesse et une petite veste toute simple, grise et noire. Il insista aussi pour qu'elle accepte une paire de ballerines en cuir.

— Tu sais, confia-t-il, c'est très important, le costume. Chaque fois que j'ai tourné, même dans la pire des merdes, j'ai passé beaucoup de temps à choisir mes vêtements. Tous mes habits, les vestes, les pantalons, mais aussi les dessous, les chaussettes, les slips ou les caleçons…

— On voyait ton slip ?

— Non, mais avec ci ou ça sur la peau, tu n'es pas le même homme. Ou la même femme… Et ça, ça se voit à l'écran.

Plutôt que d'aller chez un bijoutier, Quincy emmena Jennie dans une grande surface pour acheter des anneaux de rideau.

— Ça y est, on est mariés ! s'émerveilla Jennie faisant tourner son alliance de pacotille autour de son doigt tandis que Quincy payait.

Ils sortirent du magasin.

Quincy tempéra son enthousiasme.

— On joue à l'être, mais cela ne veut pas dire que ce n'est pas sérieux. Comme au cinéma… Nous étions des personnes, nous devenons des personnages !

Jennie chouina :

— Mais moi je veux être mariée !

— OK, on est mariés, concéda Quincy en riant. Je t'offrirai une robe blanche et un banquet à la première occasion, mais ne compte pas sur moi pour m'agenouiller devant le curé ou signer le registre à la mairie.

— Et le voyage de noces ?

Quincy agita la carte routière qu'il avait prise à l'hôtel.

— On y va !

Le ciel était de verre, froid, lisse, marbré de taches douteuses au-dessus d'eux.

Ils roulèrent dans les collines entre Tonnerre et Auxerre, là où le temps s'abolissait dans la monotonie des paysages. Champs cultivés, arbres rares et décharnés, terres grises et noires, oiseaux dans les sillons.

— Le ciel n'est plus jamais vraiment bleu, remarqua Quincy, légèrement penché en avant vers le pare-brise.

Jennie savait tout sur le réchauffement climatique.

— C'est à cause des Boeing et des Airbus qui pissent dans le ciel ; et aussi de la fumée des usines, dit-elle. Augustin m'a expliqué que ça laissait des milliards et des milliards de particules de suie en suspension.

— Oui, un jour, il fera nuit du matin au soir.

— Le drapeau noir sera hissé sur le monde ! s'enthousiasma Jennie, dressant le poing pour cogner le toit de la voiture.

En route, Quincy découvrit que Jennie connaissait une foule d'autres choses sur le climat, la végétation, les animaux.

— Est-ce qu'on t'a appris que les cochons ne sont pas sensibles au mal de mer ? lui demanda-t-elle quand ils aperçurent un petit troupeau de porcs.

— Comment tu sais ça ?

— Je le sais, c'est tout, dit-elle, repensant à ce que lui racontait le fils de la mère Gildas.

— T'as déjà été sur un bateau ?

— T'es gland. Pas besoin d'être allé sur un bateau pour savoir ça !

Soudain, à l'entrée de Saint-Prieur, elle cria :

— Freine ! Freine !

Quincy s'arrêta d'urgence.

— Qu'est-ce qu'il y a ? T'es malade ?

— Devant, là, regarde : il y a un cimetière.

Et, rouge d'excitation, elle ouvrit la portière.

— Je veux faire ce que les autres ne font pas ! cria-t-elle, courant vers la grille.

Sur la gauche de la départementale, un petit panneau en bois gravé, très discret, indiquait *Lumière féconde*. On accédait à l'institution par une route étroite entre deux rangées d'arbres hauts et fins. C'était un ancien manoir en pierres jaunes, carré, élégant, construit à flanc de colline.

Quincy, en costume cravate, et Jennie, en robe sévère gris tourterelle et court manteau croisé, se présentèrent au concierge sous le nom de M. et Mme Maubert. Dans le cimetière, Jennie avait volé un rang de perles sur une croix et s'en était fait un collier. Elle se sentait très classe, très chic, très dame bien comme il faut. Quincy produisit la carte de lieutenant de police qu'il avait gardée du tournage et indiqua négligemment que sa femme était aide-soignante. Le concierge s'empressa de les conduire au bureau de M. Bernard Robert, qui dirigeait l'établissement.

Plus large que haut, Bernard Robert, le cheveu rare, le visage rouge, les reçut dans son bureau-bibliothèque qui donnait sur la campagne par une immense baie vitrée en demi-cercle. Une vaste pièce aux meubles lourds, aux tentures anciennes, curieusement décorée de grands tableaux abstraits.

— Malorie ne parle pas beaucoup, expliqua le directeur, ouvrant le dossier devant lui. Elle est moyenne à l'école. À part ça, elle ne manque de rien.

— D'une mère ? suggéra Jennie qui brûlait d'impatience sur sa chaise.

— Oui, bien sûr, je ne parlais pas de ça, dit le directeur, tapotant son sous-main en cuir avec agacement. D'ailleurs, vous avez raison, l'absence de maman doit compter pour beaucoup dans les petits problèmes d'énurésie de votre sœur…

Jennie fronça les sourcils :

— Vous voulez dire qu'elle fait pipi au lit ? À quatorze ans ?

— Oui, mais pas seulement au lit. Malorie est un peu perturbée, vous savez. Elle est arrivée chez nous après bien des placements douloureux dans des familles d'accueil. Personne n'a souhaité la garder.

— Moi aussi j'ai été jetée de partout, ce n'est pas ça qui…

— Le problème, c'est que Malorie recourt facilement à la violence, elle a une forte tendance à tout casser, tout déchirer, tout détruire.

Le directeur leva les bras en signe d'impuissance et les laissa retomber dans un soupir.

— En plus, elle s'exhibait...

— Comment ?

— Elle se montrait, vous comprenez ? À l'école, au marché, dans la rue, n'importe où, elle baissait sa culotte et se montrait.

— Elle déconnait ? demanda Jennie, prête à rire, n'arrivant pas à croire que...

— Non. C'était très réfléchi, très grave. Rien de drôle.

Quincy intervint :

— Elle appelait au secours, dit-il, regardant le directeur droit dans les yeux.

— Je ne sais pas si elle appelait au secours, s'interrogea le directeur, mais c'était devenu compulsif, obscène.

— Je veux la voir, l'interrompit Jennie d'une voix sourde.

— Depuis combien de temps ne l'avez-vous pas... ?

— Longtemps.

— Vous allez la trouver changée.

Jennie et Quincy patientèrent en silence assis sur un banc en bois, devant des affiches de la Protection sociale à l'enfance et des publicités pour la Bourgogne médiévale. Le hall s'emplissait de bruits lointains, indiscernables, qui leur parvenaient par bouffées, par vagues, comme si ces voix étaient embarquées sur une mer agitée, une mer souterraine. Malorie arriva enfin, accompagnée d'une éducatrice. Le petit ange frisé qui portait des robes à smocks et faisait tourner Jennie en bourrique par ses caprices était devenue une jeune fille ingrate, les cheveux tirés en arrière, tenus par des pinces, le visage bouffi, le corps informe dans une robe sac qui lui descendait sous les genoux. Jennie se précipita dans ses bras :

— Mon bébé !

Elle se fichait bien de comment elle était, à quoi elle ressemblait, c'était elle ! C'était sa Malorie chérie et il n'y avait que ça qui comptait. Elle l'embrassa, la serrant très fort, lui caressant le visage, l'embrassa de nouveau, répétant « Je suis là, mon bébé, je suis là ». Malorie lui rendit un baiser sur quatre. Ses yeux couraient de Jennie à l'éducatrice, de l'éducatrice à Quincy, de Quincy à Jennie. Une course anxieuse, affolée. L'éducatrice la gronda en la prenant par le bras.

— Tu ne dis pas bonjour à ta sœur ?

Malorie fixa Jennie avec une stupidité animale sans qu'un mot ne sorte de sa bouche.

— Allons-y, ne perdons pas de temps, proposa Quincy qui commençait à étouffer dans les relents d'eau de Javel et de cuisine qui montaient des sous-sols.

L'éducatrice répéta les conditions de sortie d'une voix sèche, militaire :

— Monsieur, madame Maubert, vous avez bien noté ? Vous bénéficiez d'une permission exceptionnelle de sortie pour Malorie. Cette autorisation est valable jusqu'à dix-huit heures. Je vous recommande de respecter scrupuleusement cet horaire. Nous sommes très stricts sur ce point.

Quincy faillit lui répondre qu'il n'y avait pas de gens plus ponctuels que ceux du cinéma, mais il s'abstint, continuant de jouer son rôle de lieutenant de police.

— Vous pouvez compter sur nous, madame. Parole d'officier.

Jennie prit Malorie par la main pour l'entraîner vers la sortie. L'éducatrice la retint.

— Attendez, n'oubliez pas ça.

Elle tendit un petit sac de toile blanche à Jennie.

— Qu'est-ce que c'est ?
— Son change.

Jennie, incrédule, regarda le sac comme si elle tenait en main une tête tranchée. L'éducatrice précisa :

— J'ai mis deux couches, une culotte propre, du coton et des lingettes, on ne sait jamais…

Ils n'échangèrent pas une seule parole pendant les cinq premiers kilomètres. Malorie, à l'arrière, le regard voilé de tristesse ou de bêtise, ne semblait pas comprendre où elle se trouvait, où ils allaient, et ne s'intéressait ni au paysage ni au paquet de gâteaux que Jennie lui avait posé sur les genoux. Jennie, murée dans sa colère, le regard vissé sur la route, le souffle court, remuait des idées noires en hochant la tête dans un débat qu'elle seule entendait. À l'approche d'un petit bois, n'y tenant plus, elle ordonna à Quincy :

— Arrête-toi là.

Quincy se gara dans le premier chemin s'enfonçant dans le bois, songeant que les forêts suscitaient chez lui toujours le même sentiment de liberté et de mélancolie. Aussitôt, Jennie descendit de voiture, ouvrit la portière arrière et fit signe à Malorie de la suivre.

— Descends. Dépêche-toi, dit-elle en se débarrassant de sa veste et arrachant son collier.

Malorie descendit puisqu'elle avait appris à obéir sans tarder aux ordres qu'on lui donnait.

Jennie retroussa sans hésiter la robe de sa sœur :

— Tiens-la.

Malorie tint sa robe au-dessus de ses hanches.

Elle avait une couche !

Jennie ferma les yeux. Elle se mordit les lèvres, serra les poings, aussi meurtrie que si elle avait été battue. Surmontant sa peine, son ressentiment, elle fit brusquement glisser la culotte de Malorie et arracha la couche souillée qu'elle jeta loin d'elle.

— Tourne-toi.

Malorie se tourna sans protester, ni triste ni fâchée.

— Penche-toi.

Jennie attrapa le sac de toile, sortit les lingettes et du coton pour nettoyer sa sœur puis la rhabilla sans précautions, brutalement. Elle envoya ensuite le sac de rechange dans les buissons avec d'autres ordures et força Malorie à lui faire face.

— Écoute-moi bien, gronda-t-elle en la tenant par les épaules, tu as quatorze ans, bientôt quinze. À quatorze ans, on ne met plus de couches. Je suis revenue, tu es avec moi maintenant, tout ça, c'est fini. Tu n'iras plus jamais dans une institution. Quincy va nous emmener à la mer, comme maman nous l'avait promis. Tu vas redevenir comme avant et personne ne pourra plus jamais nous séparer. Je te le jure. Alors, si tu as envie, tu demandes, et on s'arrête. Mais je ne veux plus jamais te voir avec une couche sur le cul ! Tu comprends ?

Malorie dévisagea Jennie. Un instant ses yeux retrouvèrent leur éclat d'avant :

— Caca merde dégueulasse, proféra-t-elle d'une voix rauque, comme si elle n'avait d'autres mots après dix ans de silence.

C'était un après-midi ensoleillé.

Ils roulèrent à bonne allure mais sans jamais dépasser les limites autorisées. Quincy était prudent et la circulation fluide. Il ne fallut pas longtemps pour que Malorie s'endorme sur la banquette arrière.

— Tu crois qu'ils la bourrent de médocs ? demanda Jennie quand elle s'en aperçut.

— C'est probable, répondit Quincy, avec une moue un peu dégoûtée.

— Moi, dans un foyer, ils ont essayé de me faire prendre je ne sais pas quoi « pour mon bien ». J'ai jamais voulu, et quand ils me forçaient, je faisais semblant d'avaler leurs pilules ou je me mettais les doigts dans la bouche pour tout dégueuler.

Et, revivant la scène :

— Je voulais toujours avoir ma tête à moi…

Quincy la dévisagea, une question le démangeait :

— Tu ne pleures jamais ?

— En rêve, répondit Jennie.

— Tu pleures en rêve ?
— Pas toi ?

Juste avant Sens, à Courtenay, ils traversèrent une fête foraine. Des stands, des buvettes en plein air, beaucoup de monde sur la chaussée, forçant Quincy à rouler au pas.

— J'ai envie ! J'ai envie ! cria Malorie, soudain très réveillée.

— OK, je m'arrête, dit Quincy. Il y a un café sur la place, vous pourrez aller aux…

Mais Malorie n'avait pas du tout envie d'aller aux toilettes, elle voulait aller à la fête ! Et, à peine descendue de voiture, elle entraîna Jennie vers les manèges, la tirant par la main, répétant comme si sa vie en dépendait :

— Vite ! Vite !

Trop heureuse que Malorie veuille quelque chose, Jennie ne résista pas.

— On te rejoint ! lança-t-elle à Quincy.

— Prenez votre temps ! J'ai des coups de fil à passer !

Quincy alla s'installer à une terrasse d'où il pouvait surveiller et la voiture et la fête, comme s'il jouait encore son rôle de lieutenant Maubert. Cette idée lui parut aussi ridicule qu'amusante. Il sortit son portable : il avait onze messages ! Alec, la production, son agent, Sandra…

Il les effaça sans même les écouter et éteignit son téléphone.

Quincy était convaincu que chaque homme garde en lui un certain nombre d'idées sans savoir réellement qu'elles demeurent tapies dans son esprit. Des idées dormantes, comme on parle de réseau dormant pour les espions ou les terroristes. Pour que ces idées viennent à la conscience, pour les réveiller, il faut un signal, une impulsion comme celle que l'hypnotisé reçoit de son hypnotiseur. Pour Quincy, le signal avait été la phrase que sa mère avait laissée : « Demandez-moi pardon. » Cette phrase avait pris possession de ses pensées. Elle ne le quittait plus, gouvernait ses paroles et ses actes.

Après avoir reçu le signal, Quincy s'était aussitôt mis en marche pour que la supplique de sa mère ne reste pas lettre morte. Ça n'avait pas été un jeu d'enfant, mais presque. En tout cas, un jeu de piste. Il avait parlé de son idée à un ancien légionnaire qui tenait un café où il avait ses habitudes, le légionnaire l'avait adressé à des amis qui géraient un aéro-club, ceux-ci à un gardien d'immeuble dans un grand ensemble, le gardien d'immeuble lui avait fait rencontrer un Serbe qui travaillait dans une casse et c'est par lui – moyennant finance – qu'il avait obtenu le rendez-vous à Marseille avec un homme qui devait lui permettre d'accomplir ce qu'il devait à sa mère.

Quincy était donc descendu à Marseille avant d'aller sur le tournage. À ce moment-là il n'avait pas encore l'idée de tout envoyer promener. Ou, plus exactement, cette idée qui dormait en lui ne s'était pas encore vraiment réveillée. Tout juste avait-elle peut-être ouvert un œil.

À Marseille, ça avait été une étrange discussion dans un lieu tout aussi étrange, le dernier moulin du

Panier transformé en centre d'accueil et d'information sur les métiers du futur. Un lieu neutre où il avait pu rencontrer l'homme recommandé par le Serbe sans laisser soupçonner à quiconque l'objet de leur rencontre. Mot pour mot, Quincy se souvenait de ce que l'homme lui avait dit aussi bien que s'il avait appris le texte pour lui donner la réplique.

— C'est combien ?
— Cinq têtes.
— On peut discuter ?
— Désolé, mais pour une K comme ça, c'est le tarif.
— Qu'est-ce que t'as d'autre ?
— Que du beau.
— Des 7,35 ?
— Des 7,35, des 6,35, rien que de la qualité.
— OK.
— Tu prends quoi, alors ?
— Tout. La K et les deux calibres.
— T'en veux pas quatre ? Si t'en prends quatre, je te refile les munitions gratos.
— Je vais voir.
— Je te fais un blot. Le tout pour vingt têtes.
— Dans combien de temps ?
— Dans trois jours.

Malorie et Jennie sautèrent dans une autotamponneuse d'un jaune criard. Malorie pilotait, Jennie appuyait sur l'accélérateur. Bing ! Bang ! Boum ! Malorie fonçait droit dans tout ce qui se présentait, percutait les autres de face, sur le côté, par-derrière, poussant des cris sauvages et riant, les yeux clos, la tête renversée, ivre de l'odeur de métal et de feu électrique. Elle tournait le volant dans tous les sens, valsait au milieu de la piste, poussant des « ah ! » stridents et des « oh ! » graves jusqu'à l'extrême pointe du souffle. Malorie, enragée, menait bataille contre les autres, contre tous les autres. Elle ne conduisait pas une autotamponneuse mais un char d'assaut. Une arme obstinée, brutale, sans merci. Elle faisait peur. Même les petits durs qui se la jouaient en conduisant d'une seule main la craignaient, l'évitaient.

Elles firent un tour, deux tours, cinq tours avant que Jennie réussisse à convaincre Malorie d'arrêter, jurant croix de bois croix de fer qu'elles joueraient à la loterie avant de partir. Elles quittèrent la piste sous les regards hostiles, les ricanements et les chuchotements injurieux, « salopes », « pétasses », « grosses connes ». Malorie avait un peu mouillé le siège de l'auto et le fond de sa robe. Jennie s'en fichait. Au contraire, ça les vengerait des vannes et du mépris des petits branleurs qui viendraient après elles. Ils auraient le cul au frais !

Jennie dépensa plus que prévu à la loterie mais elles finirent par gagner un lot, un dauphin en peluche presque aussi gros que le chien qu'Hakim avait gagné la dernière fois où elles étaient allées ensemble dans une fête foraine. Malorie rayonnait de plaisir en le serrant contre elle, en l'embrassant, et Jennie pensait que c'était peut-être ça, l'histoire. Qu'il fallait la reprendre là où elles l'avaient laissée, le jour où leur mère était morte, où le temps s'était arrêté…

Quincy en était à son deuxième café arrosé : Lumière féconde, Malorie, la forêt, les couches… il avait bien besoin de ça pour se remettre. Quand les deux sœurs le rejoignirent, il se leva pour leur approcher des chaises.

— Qu'est-ce que je vous offre ?

— C'est qui ? demanda Malorie en s'asseyant, comme si elle ne l'avait pas remarqué jusque-là.

Jennie montra l'anneau qui brillait à son doigt :

— C'est mon mari ! dit-elle.

Et, se penchant vers Quincy, elle lui déposa un baiser sur la bouche.

— Il est beau, n'est-ce pas ?

La campagne s'effaça rapidement, laissant place aux faubourgs minables de la banlieue, aux centres commerciaux, aux routes bordées de panneaux publicitaires. Arrivés à Paris, Quincy accompagna Jennie et Malorie dans son appartement près de la place Gambetta et ressortit presque aussitôt.

— Vous allez vous débrouiller comme des grandes, j'ai à faire…

— Tu rentres quand ? demanda Jennie, parfaite dans le rôle de l'épouse inquiète de voir son mari quitter le domicile conjugal.

— Tard.

— Mais demain on va à la mer ?

Quincy l'embrassa sur le front.

— Ce qui est promis est promis.

Et, juste avant de refermer la porte derrière lui :

— Vous trouverez de quoi manger dans la cuisine, lança-t-il. Vous n'aurez qu'à vous coucher dans mon lit ! Je prendrai le canapé…

L'appartement n'était pas grand : un salon, une chambre débordante de livres, d'affiches, de tableaux, d'objets venus des quatre coins du monde, une salle de bains et c'était tout. Jennie ne détecta pas la présence régulière d'une femme. S'il y avait des visiteuses, elles repartaient sans s'attarder et sans laisser de traces de leur passage. Pas de sous-vêtements oubliés, pas de peignoir en tulle, pas de tube de crème sur le bord du lavabo. Quincy ne devait pas recevoir souvent chez lui et Jennie apprécia d'autant plus le privilège qu'il leur accordait, à sa sœur et à elle.

Quincy menait une vie de célibataire, ne laissant entrer chez lui que ses « émotions » qui s'évanouissaient aux premières lueurs du jour…

Jennie et Malorie s'installèrent dans la cuisine, sous un grand portrait d'Antonin Artaud barré d'une phrase en lettres blanches : « Vous n'êtes pas assez révolté, monsieur Prevel ! » Jennie fit asseoir sa sœur et se posta bien en face d'elle, les yeux plongés dans les siens.

— Demain, on ira t'acheter des fringues, dit-elle, lui détachant les cheveux. Tu dois être belle, très belle pour aller à la mer…

Malorie jetait des regards inquiets autour d'elle, serrant son dauphin en peluche comme pour se protéger. Jennie raconta :

— Tu sais, j'ai retrouvé Saïda... Elle s'appelle Sophie maintenant. Elle n'a pas voulu venir avec moi et j'ai failli me battre avec la bonne femme qui la garde. Tant pis pour elle. J'aurais pu essayer de la forcer mais je ne savais pas comment.

Jennie s'interrompit un instant.

— Hakim est mort noyé, dit-elle, tête baissée, l'inflexion de sa voix se muant en méditation et la méditation en un sentiment poignant d'anxiété.

— Hakim, répéta Malorie, montrant pour la première fois de l'intérêt pour ce que disait Jennie.

— Oui, notre gros pépère n'est plus là...

Jennie courut au salon chercher un dépliant publicitaire dans son sac et revint le montrer à sa sœur.

— Regarde : ça s'appelle Étretat, c'est très beau et c'est immense, là-bas. On va y aller demain. On se fera super belles, on montera sur la falaise, la plus grande, la plus haute et puis, en se tenant par la main, on s'envolera dans la mer, et jamais plus nous ne serons séparées.

Sans lâcher sa peluche, Malorie posa son doigt sur la photo du prospectus, la célèbre aiguille creuse un jour de grand beau temps sur une mer étale et verte. Son visage s'éclaira, comme si elle se défendait de sourire, comme si c'était douloureux pour elle d'y arriver.

Jennie invita Malorie à venir sur ses genoux. Sa sœur pesait son poids mais elle avait envie de la sentir contre elle, de la tâter, de la caresser, de la renifler.

— Tu comprends, chuchota-t-elle, j'en veux à maman de ne m'avoir jamais dit qui était mon père. Tu sais qui c'est ? C'était son frère. Il s'est suicidé quand il a su qu'elle était enceinte. Je suis sa fille. C'est mon père et mon oncle, et c'est un mort. Aujourd'hui je suis plus vieille que lui avant de mourir.

— Tu es vieille ? demanda Malorie.

Jennie sourit :

— Oui, trop vieille...

— Tu vas mourir ?

— Je vais m'envoler.

Elles mangèrent rapidement un reste de petits pois et du jambon sous plastique puis, comme elles n'avaient rien d'autre à faire, elles allèrent se coucher dans la chambre de Quincy. Jennie dénicha un grand T-shirt du Festival de Cannes dans la commode et en fit une chemise de nuit parfaite pour Malorie.

— Et tu ne fais pas pipi au lit, hein, tu ne déconnes pas ? déclara Jennie en sortant avec elle de la salle de bains.

Elles se couchèrent.

— Dors bien, mon bébé, à demain. Je te lis une histoire.

Jennie ouvrit son livre et lut le premier passage qui lui tomba sous les yeux :

— « Elle m'appartient. Vous l'avez abandonnée. Vous n'avez plus l'ombre d'un droit sur elle. Son père me l'a confiée, ajouta Sir Claude, et cette affirmation fit sursauter sa petite compagne, qui pouvait mesurer l'effet que ces mots avaient produit sur sa mère[1] »...

---

1. Henry James, *Ce que savait Maisie*, traduit par Marguerite Yourcenar, Paris, 10/18, 2009.

Malorie mit son pouce dans sa bouche et, quelques instants plus tard, elle dormait à poings fermés à côté de son dauphin en peluche. Jennie rangea *Maisie*. Elle n'arrivait pas à trouver le sommeil mais elle n'avait pas envie de lire. Le corps de sa sœur la gênait. Il lui était devenu étranger. Malorie avait des seins comme une femme, un gros derrière, du ventre, des poils sous les bras et une toison qui remontait haut et débordait sur ses cuisses. Chaque corps a une histoire et le corps de Malorie en portait une trop lourde sans doute. Son corps se taisait autant qu'elle. Il se taisait, protégé par ses bourrelets, sa pilosité, l'épaisseur de sa peau qui avait une curieuse consistance, un curieux aspect, comme vernissé. Au contraire, le corps de Jennie se défendait, il criait, protestait, inscrivant à même la chair les mots brûlants de son combat, de sa révolte. Deux corps, deux vies, deux histoires que le sang seul, aujourd'hui, liait en secret. Que le sang seul pouvait réunir. Jennie se mit à penser au lendemain. Elle se redressa dans le lit et s'adossa à l'oreiller, calme, reposée. Elle ne bougeait pas, comme si elle avait prévu d'attendre, immobile, s'efforçant de garder une respiration paisible et régulière. Elle rassemblait ses forces, se préparait comme se prépare un combattant au vestiaire avant de monter sur le ring. Si elle sentait sa peau se tendre et ses joues se creuser, c'était moins par peur du geste lui-même que par crainte de le rater. Il fallait que ce soit parfait, idéal, un geste unique, d'une beauté stupéfiante. Pour Jennie, leur envol devait avoir la grâce et la beauté de l'essor d'un grand oiseau blanc, comme elle l'avait si souvent rêvé en faisant l'amour. Elle espérait qu'il ferait soleil et qu'elles s'éblouiraient de lumière et s'enivreraient de vent salé. Elle ferma les yeux et se vit avec sa sœur, main dans la main, s'élever vers une paix qui effacerait toute douleur, tout chagrin.

La chambre était silencieuse, à peine troublée par les petits gémissements qu'émettait Malorie en dormant et les bruits de succion sur son pouce. Dans la cuisine ou dans la salle de bains, de l'eau gouttait, marquant obstinément les secondes, les minutes. Surtout, Jennie croyait entendre son cœur régler ses palpitations à la chute inexorable des gouttes sur la faïence. Il battait plus fort que d'ordinaire. Elle le sentait s'emballer, cogner sa poitrine comme s'il voulait s'en échapper, presque l'étourdir par le tumulte qu'il provoquait en elle.

Jennie se leva.

Sans bruit, elle s'installa au bureau de Quincy, curieuse des bibelots qui s'y trouvaient, une grosse noix mexicaine séchée, une petite poupée en bois pour faire de la chaînette qui avait dû appartenir à sa mère, une photo de Quincy enfant, avec une bande de copains sur un stade, un vide-poches en bronze en forme de crabe, des stylos, des crayons, des cartouches d'encre, un buste d'Hô Chi Minh, un autre de Molière et, au-dessus d'une pile de courrier, un cahier noir qu'elle ouvrit du bout des doigts.

Quincy avait l'écriture nerveuse et appliquée d'un copiste attentif à ne rien trahir de ce qu'il recopiait :

Le 12
Je me souviens du soir où ma mère est revenue de la clinique après son hospitalisation. Elle avait son chapeau marron, son manteau de la même couleur. Elle tenait son sac à la main. Elle avançait à pas mesurés, hésitants. Elle s'est arrêtée à l'entrée de la salle à manger et a regardé. Ça m'a frappé : elle a eu le regard de quelqu'un qui entre dans un lieu étranger et qui a peur.

Le 23
Aujourd'hui dimanche je suis allé déjeuner avec ma mère. Je l'ai trouvée triste, préoccupée. Comme elle dit, « ils lui font des misères » à son travail. Son nouveau chef, un jeune d'une trentaine d'années, M. Ambroise, est sur son dos toute la journée. À ses yeux, elle ne fait rien assez vite, rien assez bien, alors qu'elle fait ce qu'elle a toujours fait sans susciter le moindre reproche. Comme elle se défendait, il lui a répliqué : « Vous travaillez à la vitesse de la tectonique des plaques ! » Une chose la trouble beaucoup, l'agace : toutes les pièces qui passent entre ses mains ne doivent plus être identifiées par son nom mais par un code : HB543. Elle m'a dit en riant que je devrais l'appeler comme ça désormais, elle riait jaune, c'est rien de le dire. Je rêve d'aller mettre mon poing dans la figure à ce M. Ambroise…

Le 6
Le supérieur de ma mère a un tic de langage. Il répète volontiers que sa mission c'est « faire du moins »… D'ailleurs, d'après ma mère, il parle une langue étrange où les phrases sont le plus souvent sans sujet. Comme si ce « moins » qui est son but, son Graal, commençait par la disparition de l'autre dans sa bouche. Il rêve d'un monde où les individus auraient disparu, où le travail aurait disparu, où tout ne serait plus

que de la gestion. De la gestion de quoi ? Du rien. Du moins. Du moins que rien…

Le 11
Il paraît que les managers doivent obtenir 130 départs cette année chez Potestas. Il y a une très forte pression sur eux de la part de la hiérarchie. Pour justifier la suppression des postes, ils invoquent la survie de l'entreprise. Mais cette année, l'entreprise de ma mère a dégagé un profit supérieur de 9,8 % à celui de l'année dernière. Cela se compte en milliards d'euros…

Le 19
Ma mère me montre une affichette qu'elle a arrachée sur la porte des toilettes dames de sa boîte : « Pas pipi toutes les cinq minutes ! » Elle est scandalisée qu'un de ses chefs ait pu écrire ça comme ça. Une de ses collègues, en douce, avait rajouté au feutre : « Et caca ? » Mais ma mère a préféré retirer l'affichette, sa collègue risquait de se faire dénoncer.

Le 21
Ma mère est convoquée dans une semaine pour un entretien d'évaluation. Elle n'en dort plus, gémit et pleure sans que j'arrive ni à la consoler ni à lui tirer le moindre mot. Je cherche pour elle un article du Code du travail : « Aucun salarié ne doit subir les agissements répétés de harcèlement moral, qui ont pour objet ou pour effet une dégradation des conditions de travail susceptible de porter atteinte à ses droits et à sa dignité, d'altérer sa santé physique ou mentale, ou de compromettre son avenir professionnel. »

Le 28
Je me suis souvent demandé d'où venait chez moi ce sentiment de devoir vivre en clandestin de moi-même. C'est un détail mais cela éclaire bien mon état d'esprit : je préfère la pluie au soleil, parce que lorsqu'il pleut je me sens protégé par ce qui tombe. Je suis intouchable, inaccessible, comme lorsque j'endosse le costume pour un rôle. Quand j'y pense, je crois que cela vient de l'enfance. De cette peur qu'après la mort de mon père ma mère mette fin à ses jours et aux miens. Je ne peux pas savoir si cette peur a le moindre fondement réel ou si c'est un fantasme rétrospectif d'adulte. N'empêche. Il y avait une hachette derrière la porte de la cuisine, une armoire à pharmacie bourrée de médicaments et la fenêtre qui donnait sur la cour, cinq étages plus bas. J'étais sur mes gardes. Cette situation était douloureuse et, en même temps, me procurait une excitation et une lucidité extraordinaires. Au fond, ce doit être cette lucidité et cette excitation que je cherche aujourd'hui en me lançant dans…

Jenny referma le cahier en vitesse, entendant Quincy rentrer. Il était minuit passé. Après s'être assurée d'un coup d'œil que Malorie dormait toujours, elle fila à sa rencontre sur la pointe des pieds.

— Tu ne dors pas ? dit-il sur un ton de reproche, la retrouvant dans le salon sans rien d'autre sur le dos qu'un petit maillot sans manches qui la couvrait à peine.

— Je t'attendais.
— Et la miss ?
— Malorie ? Elle fait dodo.

Jennie s'attendrit :

— Rien ne la trouble...
— « Rien ne la trouble » ? Tu as de ces expressions !

Quincy ôta sa veste et se laissa tomber dans le canapé.

— Et toi, qu'est-ce qui te trouble ? demanda-t-il, reprenant la formule.

— Je suis pressée de voir la mer... répondit Jennie, sans que sa voix trahisse d'impatience ou de gaieté.

Elle s'installa à côté de lui, pleine d'une douceur qu'elle n'avait jamais ressentie de sa vie. Olga lui avait appris que l'impatience est le plus grand des péchés. Que c'est à cause de leur impatience qu'Adam et Ève avaient été chassés du Paradis...

Jennie posa sa tête sur l'épaule de Quincy.

— J'ai envie de faire l'amour, murmura-t-elle, fermant les yeux.

Quincy sourit, la proposition le surprenait mais l'idée ne lui déplaisait pas. Plus d'une fois on l'avait entendu professer que la vie est trop courte pour ne pas céder à la tentation :

— Tu m'aides à déplier le canap ?
— Pour quoi faire ?

En milieu de matinée, le lendemain matin, Quincy gara la voiture en double file devant le Palais des Congrès, porte Maillot. Il y avait un grand ciel bleu, une lumière dure qui dessinait chaque immeuble avec une incroyable netteté. Quincy montra du doigt l'entrée du périphérique à Jennie :

— Comme ça, on pourra filer en vitesse. Je n'en ai pas pour longtemps. Je fais un saut à l'intérieur et direction Étretat !

— Qu'est-ce que tu vas faire ?

— Rien. Un truc administratif à régler pour ma mère.

— J'ai pas le temps d'aller acheter des fringues pour Malorie ?

— On s'arrêtera à Rouen. Je suis mal garé. Je préfère que tu restes dans la voiture. Si jamais il y avait un flic qui...

Quincy referma la portière sans achever sa phrase et s'éloigna rapidement. Il avait de l'allure dans son grand manteau bleu dont les pans flottaient au vent.

Jennie le vit entrer dans le Palais des Congrès par une porte décorée où deux hôtesses en uniforme accueillaient les invités de l'assemblée générale annuelle des actionnaires de Potestas, le groupe pour lequel travaillait la mère de Quincy. Jennie sortit son livre de son sac et, en marge de la page où le père de Maisie dit à sa fille : « Savez-vous, chère enfant, que je vais bientôt partir pour l'Amérique ? », elle écrivit au stylo feutre :

Avec lui
J'irai à la mer
Sans lui
J'irai à la mer
Avec ou sans lui
J'irai à la mer
Avec eux

J'irai à la mer
Sans eux
Je n'irai jamais
On ira tous
À la mer
J'irai avec mes bébés
J'irai à la mer
Et il me conduira !

Soudain tout s'éclaira d'un feu blanc.

À peine trois minutes après que le président du groupe Potestas, Thibault Bornier, avait souhaité la bienvenue aux six cents personnes présentes, le premier coup partit. La balle atteignit Bornier sous le menton et lui fit exploser la tête en une rose de sang. La terre ne s'arrêta pas de tourner sur son axe, le ciel ne se déchira pas, un silence de cristal résonna dans la salle tandis que l'homme le plus riche de France s'effondrait sur la scène. L'instant suivant, quatre rafales d'arme automatique décimèrent le comité exécutif installé à la tribune. Un tir froid, la vitesse, la pureté de la mort. Des claquements secs de pic obstiné. Et dans la clameur qui se leva, Georges Michellon, l'ancien ministre, tenta de fuir en protégeant Liliane Weiss, directrice des opérations. Tous les deux, pauvres pigeons aux ailes sales, aux pattes amputées, furent tués. Profitant de la panique générale, le tireur – pas un monstre, un enfant-vieillard aux yeux grands ouverts – tourna aussitôt ses armes vers les membres du conseil d'administration installés au premier rang. Il y eut des cris, une bousculade de troupeau affolé par un loup. D'une main légère, il atteignit en plein cœur le vieux Paul Gourden, président de la banque Fulbert, incapable de se lever. Jean-Yves Saumar, héritier de Laurent Saumar, et président du groupe qui porte son nom, fut le suivant, puis Norbert de la Tour, président de La Louve, premier groupe européen de travaux publics, Camille Volmert, président d'Electronic World, Pierre Fonte, PDG du groupe Siki, Hugues Rondeau, ancien député, conseiller d'État, Chantal Camier-Lobert, présidente du fonds Future & Partner's. Président, présidente, président, présidente, mort ! mort ! mort ! Trois vigiles furent criblés de balles avant d'avoir pu intervenir, tandis que sur l'écran géant les résultats consolidés du groupe continuaient de s'afficher sur fond de musique classique.

La *Sérénade* de Schubert…

> *D'un oiseau la plainte même*
> *Parle en ma faveur*
> *Il connaît ma peine extrême*
> *Il comprend mon cœur*[1]…

Ils roulaient vers Rouen.

Dix minutes – pas plus – après y être entré, Quincy était sorti du Palais des Congrès en se hâtant, mais sans courir. Il s'était mis au volant et ils avaient filé aussitôt comme si rien ne s'était passé, comme s'il n'était rien arrivé à l'intérieur.

---

[1]. « Sérénade indochinoise », paroles de Jean Lumière, 1943.

Naïvement, Jennie avait demandé :

— T'as pu faire tout ce que tu voulais ?

— Oui, avait répondu laconiquement Quincy, impassible.

À l'arrière, Malorie berçait son dauphin en peluche, lui chantonnant des paroles incompréhensibles. Jennie l'avait lavée, peignée, arrangée comme elle avait pu, mais la robe sac aux manches ballons était si laide, si laide…

— Faudra vraiment que je lui achète quelque chose ! J'en peux plus de la voir comme ça…

— Déjà tu la vois, fit remarquer Quincy, jetant un coup d'œil dans le rétroviseur, mais ce n'était pas Malorie qu'il surveillait.

— Tu as raison, opina Jennie, je la vois. Elle est à moi et nous ne nous quitterons plus jamais…

Et, passant du coq à l'âne :

— Tu m'as fait jouir cette nuit, dit-elle en enfonçant ses ongles dans sa paume. Si tu savais comme tu m'as fait jouir…

Quincy, flatté, avoua que Jennie aussi l'avait fait jouir et que cela le consolait de bien des jours perdus, sans joie, sans amour. Jennie ne regrettait qu'une chose, qu'ils aient eu si peu de temps devant eux.

— On a eu ce qu'il y avait de mieux, dit Quincy.

— Oui, mais j'aurais voulu que tu sois le premier de Malorie, comme Augustin a été le premier pour moi…

— Hein ?

— Elle est en âge. Si nous avions eu un jour de plus, je l'aurais tenue dans mes bras pendant que tu l'aurais baisée, aussi doucement, aussi longtemps, aussi tendrement que tu m'as baisée hier soir.

— Tu sais, soupira Quincy, des fois, tu me fais peur.

— Je suis un ange !

— Tu es un monstre ! décréta Quincy de sa voix de théâtre.

— Et toi ? répliqua Jennie, plus sèchement.

Ils durent s'arrêter dans une station-service.

Jennie descendit pour accompagner Malorie aux toilettes, ça pressait. Quincy préféra rester fumer une cigarette, adossé à la voiture sur le parking. Il avait en tête une interview de Richard Widmark qui expliquait que, pour lui, John Ford était le plus grand réalisateur car « il ne faisait qu'une prise et ne disait rien aux acteurs ». Quincy repassa le film de la matinée pour lui seul. Il pouvait être content de lui. La scène était dans la boîte, il n'avait fait qu'une prise et nul ne lui avait expliqué ce qu'il devait faire. Il tenait désormais le premier rôle, celui du héros, de l'homme qui resterait dans l'histoire, immortel.

La sono diffusait de la musique partout dans la station-service, dans l'épicerie, dans le self, même dans les toilettes. Jennie referma la porte derrière Malorie et lui interdit de mettre le verrou :

— Tu me préviens quand t'as fini…

« Beat It » de Mickael Jackson fut brusquement interrompu pour un flash d'infos. Le journaliste, dont on percevait l'émotion, donnait le dernier bilan du massacre qui avait eu lieu au Palais des Congrès. Une tuerie inimaginable, du jamais vu en France : plus d'une vingtaine de morts et une douzaine de blessés, dont plusieurs dans un état grave. La moitié des plus gros porteurs du CAC 40 étaient parmi les victimes. Le terroriste avait agi à visage découvert, avec une détermination incroyable et un sang-froid et une rapidité tout aussi stupéfiants. D'après les premiers éléments de l'enquête, il était entré à l'assemblée générale muni d'une invitation en bonne et due forme, comme tous les détenteurs d'actions du groupe Potestas. C'était donc vers les actionnaires que s'orientait…

— A y est… dit Malorie en se levant du siège.

Ils reprirent la route.

— Pourquoi tu as fait ça ? demanda Jennie, dès qu'ils rejoignirent l'autoroute.

Sa voix ne tremblait pas, ni de peur ni de colère. Quincy sourit, feignant de ne pas comprendre.

— Fait quoi ?

— J'ai entendu les infos, dit Jenny sans oser le regarder, presque à voix basse. C'est dingue ! Plus de vingt morts et des tas de blessés…

Quincy réprima une petite grimace de contrariété. Ce que savait Jennie n'avait pas fini de l'étonner. Il expliqua :

— En 89, pendant la Commune, pendant la dernière guerre, beaucoup se sont battus pour notre liberté et ont été tués. Tu crois qu'ils l'ont fait pour qu'après eux un seul type puisse en faire mourir des milliers au travail à son seul profit ? Non, ils ne se sont pas battus pour ça. Alors pour que des tyrans économiques ou politiques, au nom de cette liberté, imposent leur loi du marché les armes à la main ? Non plus. Chaque jour le mot « liberté » est traîné dans la boue, dans la merde, profané.

— Ta vie est foutue.

— Ils n'avaient qu'à demander pardon à ma mère…

— Tu vas te faire arrêter.

— S'ils m'arrêtent, je leur dirai les phrases que Fouquier-Tinville a prononcées en montant à l'échafaud…

— Qui ?

— L'accusateur public pendant la Révolution. Quand j'étais gosse, notre instit nous lisait tous les jours un passage de l'*Histoire de la Révolution* de Michelet. Je suis imbattable sur le sujet !

— Il a été guillotiné ton Fouquier Machin ?

— Ils ont tous été guillotinés.

Quincy s'amusa de la première idée qui lui vint.

— Tiens, moi je n'ai pas encore été guillotiné, ni à la télé, ni au cinéma…

Jennie voulait en savoir plus :

— Qu'est-ce qu'il a dit de si bien ton type ?

Quincy plissa les yeux, son visage s'éclaira d'un fin sourire, il revoyait M. Abel dans la classe, leur lisant la fameuse citation de Fouquier-Tinville devant trente élèves pendus à ses lèvres :

— « Je suis une hache. On ne condamne pas une hache. »

À Rouen, aux Galeries, elles avaient fait des folies.

Jennie avait offert à sa sœur une robe de demoiselle d'honneur décorée de tulle et de dentelle, avec un jupon, des bas, des dessous de la même couleur et des chaussures assorties. Malorie était redevenue une princesse. Quincy, que les costumes excitaient toujours, avait surenchéri. Il avait insisté pour que Jennie choisisse la robe de mariée qu'il lui avait promise. N'avait-elle pas déjà au doigt l'alliance qui scellait leur union ? D'abord, Jennie avait refusé par peur du ridicule puis s'était décidée pour une longue robe bustier piquetée de roses blanches et vendue avec une couronne de fleurs en tissu et un voile. Quand la vendeuse avait proposé d'empaqueter tous leurs achats, ils lui avaient ri au nez.

— C'est pour se marier tout de suite !

Manquait le banquet pour que la fête soit complète. Il eut lieu dans un snack où leurs tenues firent sensation, et ils repartirent en fin d'après-midi, assez tôt cependant pour être sûrs de ne pas manquer le coucher de soleil. Pour célébrer leurs noces avec la mer.

Malorie dévora trois gâteaux pour son quatre-heures.

Ils allaient vers la mer !

Jennie en robe de mariée, couronne et voile sur la tête, n'arrivait pas à penser à autre chose que ces mots qu'elle se répétait sans cesse, comme si cette répétition pouvait les faire arriver plus vite. Elle ignorait pourquoi Quincy avait fait cela et ne comptait pas l'interroger. C'était sa vie, son histoire. Une histoire où Jennie avait sa place comme il avait, lui, sa place dans la sienne. Ils étaient amants, ils étaient complices, ils étaient mari et femme jusqu'à l'instant où Jennie emmènerait Malorie au Ciel, laissant Quincy descendre aux enfers.

Le barrage de police était établi à Villainville sur la D74, à quelques kilomètres seulement d'Étretat. Quincy le découvrit au sortir d'un tournant. Trop tard. Il freina brusquement. Pas de rue ni à gauche ni à droite. Il n'y avait aucune issue. Il entama une marche arrière, espérant faire demi-tour, mais de nouveau il dut renoncer : deux voitures de police fermaient la route derrière lui.

Ils étaient coincés dans une nasse.

Quincy tira de sous son siège les deux pistolets achetés au Marseillais. Il se tourna vers Jennie, puis vers Malorie, puis une nouvelle fois vers Jennie.

— « Rien n'honore plus la vie d'un homme que sa façon de la quitter », dit-il, d'une voix ironique et douloureuse, comme s'il était en scène.

Et il sortit de la voiture les armes à la main.

Sans chercher à se protéger, il avança sur le barrage, ouvrant le feu tel le héros d'un film qui marche au combat, imbattable, invincible. Les policiers ripostèrent. Un tir nourri venant des deux côtés : du barrage et de l'arrière où se trouvaient les véhicules de police.

Les vitres de la voiture explosèrent.

— Planque-toi ! cria Jennie, s'aplatissant sur le siège.

Mais Malorie ne bougea pas, ne moufta pas, immobile, muette, ravie de la pétarade, riant de voir Quincy, l'homme qui ne voulait plus mourir, s'agiter comme un pantin et s'effondrer sans un cri sur la chaussée, touché au corps et à la tête. Quand le feu cessa, Jennie se redressa d'un bond. Elle se précipita vers l'arrière, affolée, les joues piquetées d'éclats de verre et de pointes sanglantes. Malorie était morte, elle aussi sans un cri. Une balle dans le dos. Morte sans avoir vu la mer. Elle avait l'air heureux, souriant, serrant son dauphin éclaboussé du sang qui coulait de sa bouche.

Le visage de Jennie se marqua aussitôt d'un trait invisible. Une ligne pas plus épaisse qu'un cheveu qui partait en biais sur son front, plongeait entre ses sourcils, glissait sur l'aile de son nez, contournait sa bouche et, comme si elle s'en faisait un tremplin, sautait du menton à sa gorge pour tailler sa route jusqu'à son nombril et se perdre dans son sexe. C'était une coupure, une frontière. Un bourreau aurait pu s'en servir pour guider son coup et la trancher en deux comme un homard.

Les policiers hurlaient, cernant la voiture, menaçants.

— Sortez ! Sortez ! Les mains en l'air, sortez !

Jennie sortit, les mains en l'air, la couronne de travers, le voile en bataille, le bustier bâillant un peu sur ses seins. Elle pleurait à gros sanglots comme si la retenue de ses larmes avait enfin cédé, les libérant, torrentielles.

— C'est trop injuste, bredouilla-t-elle, sentant son dos brûler d'un M de feu qui gravait dans sa chair l'initiale de son malheur...

Et, s'essuyant le nez du dos de la main, elle le répéta haut et fort, comme un défi aux policiers qui l'encerclaient :
— C'est trop injuste !

Gérard Mordillat
dans Le Livre de Poche

Les Cinq Parties du monde n° 32633

Juillet 1969 : à Toulon, dans le quartier du petit Chicago, deux marins, le quartier-maître Christian-Marie Duval et Victor Colbert, son mousse, dit « Vichy-Menthe », poussent la porte du *Miami-bar*. Comme le veut la tradition, l'aîné doit « offrir une femme et une bière » à son cadet.

Notre part des ténèbres n° 31245

Dans la nuit du 31 décembre, Gary et les autres membres de l'atelier de recherche mécanique de Mondial Laser, une entreprise de pointe vendue à l'Inde par un fonds spéculatif américain, s'emparent d'un navire de luxe. À bord, les actionnaires et leurs invités célèbrent au champagne une année de bénéfices records.

Rouge dans la brume n° 32421

Carvin est ouvrier mécanicien dans une usine du Nord. Anath est DRH dans la même entreprise. Rien ne semble devoir les rapprocher. Pourtant, quand l'usine ferme ses portes, sur décision des actionnaires américains, supprimant près de quatre cents emplois, ils se découvrent au cœur de la tempête.

Rue des Rigoles n° 30217

Entre chagrin et éclats de rire, les souvenirs surgissent, qui ramènent Gérard Mordillat à l'après-guerre, dans ce Paris populaire du XXe arrondissement où il grandit entre un père employé à la SNCF et une mère venue d'outre-Atlantique, professeur d'anglais à l'école Berlitz.

Les Vivants et les Morts n° 30497

Rudi et Dallas travaillent à la Kos, une usine de fibre plastique. Le jour où l'usine ferme, c'est leur vie qui vole en éclats, alors que tout s'embrase autour d'eux. À travers l'épopée d'une cinquantaine de personnages, le roman d'amour d'un jeune couple emporté dans le torrent de l'histoire contemporaine.

Du même auteur :

Vive la Sociale !, Mazarine, 1981
Les Cinq Parties du monde, Mazarine, 1984 ; Le Livre de Poche, 2012
Célébrités poldèves, Mazarine, 1984
Zartmo, Calmann-Lévy, 2004
Vive la Sociale !, éd. rev. et corr., Seuil, « Point virgule », 1987
À quoi pense Walter, Calmann-Lévy, 1987 ; Seuil, « Point virgule », 1988
L'Attraction universelle, Calmann-Lévy, 1990 ; Le Livre de Poche, 2007
Béthanie, Calmann-Lévy, 1996 ; Le Livre de Poche, 1998
Corpus Christi, enquête sur l'écriture des Évangiles (en collaboration avec Jérôme Prieur), Mille et une nuits/Arte éditions, 1997
Le Retour du permissionnaire, La Pionnière, 1999
Train de vie : les cheminots dans l'aventure du siècle, La Martinière, 2000
Jésus, illustre et inconnu (en collaboration avec Jérôme Prieur), Desclée de Brouwer, 2000

Jésus contre Jésus (en collaboration avec Jérôme Prieur), Seuil, 1999

Vichy-Menthe, Éden, 2001

L'Ombre portée (dessins de Patrice Giorda), La main parle, 2002

Madame Gore (dessins de Bob Meyer), Éden, 2002 ; Grand Prix de l'humour noir

Rue des Rigoles, Calmann-Lévy, 2002 ; Le Livre de Poche, 2004

Les Rudiments du monde (photographies de Georges Azenstarck), Éden, 2003

Yorick, Éden, 2003

Comment calmer M. Bracke, Calmann-Lévy, 2003 ; Le Livre de Poche, 2004

C'est mon tour, Éden, 2003

Jésus après Jésus, l'origine du christianisme (en collaboration avec Jérôme Prieur), Seuil, 2004

Les Vivants et les Morts, Calmann-Lévy, 2005, Grand Prix RTL-Lire 2005 ; Livre de Poche, 2006

Scandale et folies, neuf récits du monde où nous sommes, Seuil, « Points », 2007

Jésus sans Jésus, la christianisation de l'Empire romain (en collaboration avec Jérôme Prieur), Seuil/Arte éditions, 2008

De la crucifixion considérée comme un accident du travail (en collaboration avec Jérôme Prieur), Demopolis, 2008

Notre part des ténèbres, Calmann-Lévy, 2008 ; Le Livre de Poche, 2009

Les Invisibles (photos de Joël Peyrou), L'Atelier, 2010

Rouge dans la brume, Calmann-Lévy, 2011 ; Le Livre de Poche, 2012
Le Linceul du vieux monde, Le Temps qu'il fait, 2011
Jésus le Naze, Colophon, 2012
Jésus : de la crucifixion au christianisme (en collaboration avec Jérôme Prieur), Seuil, « Points », 2012
Le Miroir voilé et autres écrits sur l'image, Calmann-Lévy, 2014
Xenia, Calmann-Lévy, 2014

Le Livre de Poche s'engage pour l'environnement en réduisant l'empreinte carbone de ses livres. Celle de cet exemplaire est de : **250 g éq. CO_2**
Rendez-vous sur
www.livredepoche-durable.fr

Composition réalisée par FACOMPO (Lisieux)

Achevé d'imprimer en décembre 2013 en France par
CPI – BRODARD ET TAUPIN
La Flèche (Sarthe)
N° d'impression : 3003217
Dépôt légal 1re publication : janvier 2014
LIBRAIRIE GÉNÉRALE FRANÇAISE
31, rue de Fleurus – 75278 Paris Cedex 06

31/7498/4